¿QUIÉN ES TU
MOMIA?

R.L. STINE

SCHOLASTIC INC.
New York Toronto London Auckland
Sydney Mexico City New Delhi Hong Kong

Originally published in English as Goosebumps HorrorLand #6: *Who's Your Mummy?*

Translated by Iñigo Javaloyes

ISBN 978-0-545-31437-4

Goosebumps book series created by Parachute Press, Inc.

Goosebumps HorrorLand #6: *Who's Your Mummy?*
copyright © 2009 by Scholastic Inc.
Translation copyright © 2011 by Scholastic Inc.

12 11 10 9 8 7 6 5 4 3 2 1   11 12 13 14 15 16/0

Printed in the U.S.A.   40

First Scholastic Spanish printing, July 2011

¡3 ATRACCIONES EN 1!

1

Sabía que la abuela Berta estaba enferma, pero no sabía hasta qué punto. Y tampoco sabía que pensaba enviarnos a mi hermano Peter y a mí al viaje más aterrador de nuestras vidas.

En ese momento no podía imaginarme que una semana después Peter y yo estaríamos oyendo los gemidos más lastimeros y terroríficos de momias ancestrales, y que por más que nos tapáramos los oídos no dejaríamos de escucharlos.

Pero antes de que eso sucediera, estábamos en casa de la abuela Berta, gritando, riendo y escondiéndonos detrás de los muebles.

Peter me disparó un chorro de agua a la cabeza.

Me escondí detrás del sofá de pana sacudiéndome el agua del pelo. Luego comprobé que el cargador de agua de mi pistola seguía medio lleno.

Esperé alerta con el dedo en el gatillo de plástico.

Peter estaba escondido detrás de la cortina de flores anaranjadas. Lo supe porque vi sus tenis blancos asomándose por abajo.

Esperé… esperé… y en el instante preciso en que salió de su escondite descargué un chorro a toda presión. Le di en el pecho y le dejé la camiseta

chorreando. Él retrocedió hacia la ventana y disparó una descarga de agua hacia el techo.

—¿Lo están pasando bien?

Al voltearnos vimos a la abuela Berta en el umbral de la sala. Tenía su viejo bastón negro en el aire.

—¿Me habré equivocado? —preguntó—. Pensé que estaba en mi sala, pero al parecer estoy en un parque acuático.

—Lo siento —susurró Peter mientras se apartaba de la ventana.

Me quité los mechones empapados de los ojos. Tengo el cabello oscuro, largo y muy liso. Es lo que más me gusta de mí. Y no me gusta tenerlo empapado.

Tomé la botella de agua de la mesilla y bebí con avidez.

—Les he pedido miles de veces que por favor no usen sus pistolas de agua dentro de la casa —dijo la abuela mirándonos fijamente a través de sus gafas cuadradas.

—Lo siento —repitió Peter.

Le escupí mi famoso chorro parabólico y le di en la nuca.

Peter gritó y dio un gran salto.

—¡Te gané! —dije levantando un puño.

—Abby, eres una tramposa —dijo la abuela Berta, a duras penas conteniendo la risa.

Mi abuela cree que soy lo máximo.

—Los tramposos nunca se rinden, y los que se rinden nunca hacen trampa —dijo la abuela Berta, repitiendo uno de sus dichos favoritos.

—¡No le veo la gracia! —protestó Peter.

Se quitó la camiseta empapada, hizo una bola y me la arrojó.

Peter también tiene una larga melena negra. Es muy bajito y más flaco que el mango de una escoba. Tiene diez años —dos menos que yo—, pero aparenta tener siete u ocho. La abuela Berta no entiende por qué le cuesta tanto crecer… ¡porque come como toda una tropa!

Yo le saco una cabeza, lo cual me da ventaja en nuestras batallas de agua. Sobre todo con mis disparos parabólicos. El pobre nunca ha conseguido ganarme.

Peter me sacó la lengua y salió enfurecido de la habitación. Nunca ha sido buen perdedor.

—Ven y siéntate conmigo, Abby —dijo la abuela desde el sofá.

Me di cuenta de que se apoyaba en su bastón con más fuerza de la habitual.

Su cabello se ha mantenido negro y brillante con el paso de los años, pero en ese momento noté que le había salido un mechón canoso en la sien. Sus afilados pómulos sobresalían en su rostro más de lo habitual.

Se inclinó hacia mí y tomó mi mano con fuerza. ¡Estaba fría como el hielo!

3

—Tengo que hablar contigo —dijo mirando hacia el suelo—. Últimamente no me siento muy bien.

Aquellas palabras me hicieron sentir un escalofrío. Suspiré. La abuela Berta es el único familiar que nos queda en este mundo. Vivimos con ella desde muy pequeños.

Si llegara a pasarle algo…

Vi que le temblaban los hombros. Siempre ha sido el pilar de nuestra familia, y verla tan frágil de repente me impresionó.

—Voy a tener que ir al hospital para que me hagan algunas pruebas —dijo en voz baja.

—¿Pruebas? —pregunté—. ¿Para qué?

—No pasa nada —susurró y alzó la mirada—. Tengo un plan estupendo para ustedes. Van a quedarse con su tío Jonathan.

—¿Con quién?

—Con su tío Jonathan —repitió—. Él no los ha visto desde que eran bebés. Pero ya verán, es un tipo muy divertido.

—Pero… ¿dónde vive? —pregunté.

—Vive en una vieja casona en Cranford, un pequeño pueblo en Vermont —dijo ella—. No tiene nada que ver con Boston. Estoy segura de que el cambio les resultará muy interesante.

El corazón me latía a mil por hora. Pensé en varias preguntas pero no me salió ninguna.

—Jonathan está ansioso de verlos —dijo la abuela —. Le he enviado fotos de ustedes dos y está encantado.

Vio la expresión de mi rostro.

—Te va a caer muy bien, Abby. Es un tipo muy interesante. Y además solo van a ser dos semanas.

—Pero estoy preocupada por ti, abuela —dije—. ¿Por qué nos envías tan lejos? ¿No sería mejor que estuviéramos cerca de ti?

La abuela agarró el asa de su bastón con fuerza. Me fijé en su pálida mano.

—Los teléfonos celulares funcionan allí perfectamente —dijo—. Vamos a hablar continuamente. No pasa nada.

¿Que no pasa nada? Estaba a punto de pasar algo.

Peter se tropezó con su maleta y casi me tira al suelo.

—¡Oye! —dije—. Mira por dónde andas.

—Déjame en paz —dijo él malhumorado.

Qué maduro, ¿verdad? Se pasó todo el viaje con la cara larga, sería por los nervios, supongo. Aunque yo también estaba nerviosa.

El sol de la mañana brillaba con fuerza en la vieja estación de tren de Cranford. Peter y yo éramos los únicos que estábamos en el andén. La taquilla de boletos, una pequeña caseta de madera con techo de tejas, estaba oscura y vacía, excepto por un gato que maullaba en su interior.

No había ningún auto en el rústico estacionamiento sin asfaltar y la angosta carretera que conducía a la estación estaba desierta.

—¿Dónde está el tío Jonathan? —preguntó Peter—. ¿No se suponía que debía recogernos?

—No tengo ni idea.

Dejé mi maleta en el suelo y caminé hasta el final del andén de madera. Miré para un lado y otro de la calle.

—Peter, ven a ver esto —dije—. Es increíble.

De pronto sentí como si hubiera retrocedido en el tiempo. El pequeño pueblo parecía ser de otro siglo.

La calle era de adoquines grises. A un lado había una fila de casas pequeñas rodeadas de verjas de madera. Parecían casas de muñecas. Las fachadas eran blancas, los tejados, rojos, y las oscuras contraventanas eran de madera. Traté de mirar hacia adentro pero todas las cortinas estaban cerradas.

Al otro lado de la calle había tiendas con letreros que parecían muy antiguos. En uno de ellos se leía: ULTRAMARINOS. Otro decía: SMITHY & SONS. Había otra tienda con un cartel que decía BOTICA y un amplio escaparate a través del cual se veían frascos de colores. Creo que "botica" es una palabra antigua que significa farmacia.

—Qué raro —murmuró Peter—. ¿Será una tienda de artículos electrónicos? Necesito otro iPod.

—No creo —dije.

Al otro lado del andén se extendía una colina verde que proyectaba su sombra sobre el pueblo. En la cima de la colina había una casa. Parecía uno de esos castillos encantados que aparecen en las películas de terror.

—¡Mira, Peter! —exclamé señalando unas siluetas negras que aleteaban alrededor de los torreones de la casona—. ¿Qué es eso que vuela por encima de la casona grande, allí arriba?

Peter sonrió con una expresión de malicia en los ojos.

—Murciélagos —respondió.

7

—¡Ay, no! —dije instintivamente.

Peter sabe que si hay algo que me asusta en este mundo son los murciélagos. Los odio. Me producen pesadillas y, claro, esa es razón suficiente para que él vea murciélagos dondequiera que estemos, solo para darse el gusto de torturar a su hermana mayor.

—Son pájaros —dije—. Tiene que ser algún tipo de ave extraña.

—Son murciélagos —respondió, y se dio la vuelta—. No hay ningún cine, Abby. Si el tío Jonathan no tiene Internet en su casa, nos vamos a aburrir como ostras.

De pronto oímos una voz.

—Hola.

Me volteé y vi una mujer que cruzaba las vías y se acercaba a nosotros. Era muy alta y llevaba su cabello casi blanco en un moño. Tenía los ojos de un azul intenso y los labios pintados de rojo. Su larga falda azul ondeaba con el viento mientras avanzaba.

Cuando estuvo a nuestro lado, vi que tenía un tatuaje en el cuello. Era un tatuaje de un ave azul con las alas extendidas.

Portaba una especie de mochila de lona, también de color azul. Y bajo el brazo derecho llevaba una hogaza de pan.

Se detuvo y nos miró a Peter y a mí con detenimiento.

—¿Se encuentran bien? —preguntó con una voz profunda y aterciopelada—. ¿Están solos?

—Nuestro tío debía haber venido a recogernos, acabamos de llegar de Boston. —Me volteé y señalé la casona de la colina—. Esa debe de ser su casa.

La mujer se quedó boquiabierta. Se le cayó la hogaza de pan, aunque logró atraparla antes de que llegara al suelo.

Miró hacia la casa con una expresión de espanto en la mirada.

—¡Ay, no! —dijo—. ¡No vayan allá arriba! Háganme caso. Regresen de donde han venido. ¡Ni se les ocurra ir a esa casa!

3

Un escalofrío me recorrió la espalda. Peter se me acercó y se metió las manos en los bolsillos de sus jeans, que es lo que hace cuando se pone nervioso.

—¿Por qué? —pregunté—. ¿Por qué dice eso?

—¿Qué tiene de malo esa casa? —dijo Peter.

Los ojos azules de la mujer no se apartaron de la casa de la colina. Luego bajó la mirada lentamente hacia nosotros.

—Yo también vivo en la colina —dijo en voz baja—. Cerca de allí, lo suficientemente cerca para oír los gemidos.

—¿Cómo dice? —pregunté—. ¿Gemidos?

—Sé muy bien que en la casa de ese hombre pasan cosas horribles —respondió con el ceño fruncido.

¿Lo diría en serio?

No. Tenía que estar equivocada. La abuela Berta jamás nos habría enviado aquí si hubiera algún peligro.

De pronto, se oyó un ruido lejano. Venía de la carretera. Tardé varios segundos en darme cuenta de que eran cascos de caballo.

Al voltearme, vi un carruaje antiguo tirado por dos caballos negros. Se aproximaba al estacionamiento a todo galope, envuelto en una nube de polvo.

—¿Será el tío Jonathan? —preguntó Peter.

Los caballos se acercaron a nosotros agitando sus crines. Volví a mirar a aquella mujer.

—¿Usted está bromeando, verdad?

—Lo siento —respondió—. Ya me voy. No quiero volver a ver a ese hombre en mi vida.

Se bajó del andén de un salto. Se le cayó el pan nuevamente pero no se detuvo a recogerlo. Se fue corriendo sin mirar hacia atrás hasta desaparecer entre las callejuelas del pueblo.

4

Me acerqué a Peter mientras el carruaje se detenía ante nosotros. Los caballos resoplaban y parecían saludarnos con sus enormes cabezas. Sus lomos resplandecían con el sudor de la galopada.

Mientras miraba al cochero de pelo gris, la puerta del carruaje se abrió de golpe y vi salir a un hombre. Era alto y bien parecido, con una larga cabellera negra peinada con la raya en medio y un denso bigote, también negro.

Se acercó a nosotros sonriente. Tenía la piel clara, casi amarillenta, y unos pómulos muy marcados. Nos miró con sus ojos verdes y nos saludó con la mano.

Llevaba un traje gris y una camisa blanca sin corbata. Del bolsillo frontal de la chaqueta salía una pipa negra. Y sus botas negras le llegaban casi hasta las rodillas.

—Abby y Peter, supongo.

—¿Tío Jonathan? —pregunté.

Los caballos resoplaban y escarbaban en la grava junto al andén.

—Quise llevarlos hasta casa como en los viejos tiempos —dijo Jonathan—. ¿Qué les parece este coche de caballos? Fue de mi bisabuelo.

—Es alucinante —dijo Peter—. Parece sacado de una película antigua.

Jonathan sonrió y al hacerlo se le formaron mil surcos en la cara.

—Yo me encargo de las maletas. Suban.

Varios minutos después, Peter y yo viajábamos junto a nuestro tío en el carruaje. Subíamos por la colina dando tumbos por los baches del camino. El pueblo iba desapareciendo tras nosotros a medida que nos acercábamos a la casa.

—Lamento haber llegado tarde —dijo Jonathan—. Quería tener la casa bien preparada para ustedes. Creo que les va a parecer de lo más interesante.

El carruaje despedía un maravilloso olor a cuero y madera vieja. Miré por la ventana. Los árboles iban quedando atrás. Me asomé y vi la casa, que estaba más cerca, y luego miré hacia arriba. Aquellas criaturas que revoloteaban por los torreones eran, efectivamente, murciélagos.

Podía verlos claramente. ¿Pero cómo era posible? Se supone que los murciélagos no vuelan de día.

Sentí un escalofrío. Como decía, esos animales siempre me han dado pavor.

De pronto, me acordé de la mujer con el tatuaje en el cuello y del susto que se llevó cuando le dijimos que nos íbamos a hospedar en esa casa.

Mientras tanto, el tío Jonathan me miraba detenidamente, frotando la pipa con los dedos.

—¿Qué tal el viaje? —preguntó.

—Muy bien —dije—. Pero hemos conocido a una mujer en la estación, mientras te esperábamos…

—¿Una mujer? —preguntó levantando sus oscuras cejas.

—Sí —respondí—. Dijo cosas extrañas. Dijo que por la noche se oían gemidos que provenían de tu casa.

Jonathan se rió bajito. Tenía una risa seca.

—¿Llevaba tatuado un pájaro en el cuello?

—Sí —respondí.

—La llamamos Annie la Loca —dijo meneando la cabeza—. Siempre se está quejando de mis perros. Espero que no los haya asustado.

—Qué va —dijo Peter haciéndose el machote.

—A mí me asustó un poco —dije—. Nos pidió que no fuéramos a tu casa. Dijo que regresáramos al lugar de dónde habíamos venido.

—Demasiado tarde —respondió Jonathan—. Ya estamos aquí. Y son mis prisioneros.

5

El tío Jonathan soltó una carcajada.

—Era una broma —dijo—. Ya se irán acostumbrando a mi extraño sentido del humor.

Nada más entrar en la casa, se desvanecieron mis pensamientos sobre la loca del pueblo. Al cruzar la majestuosa puerta me quedé boquiabierta.

—¿Hemos retrocedido en el tiempo? —pregunté—. Esto es como... como estar en el antiguo Egipto.

—¡Qué maravilla! —dijo Peter.

Había tanto que ver que no sabía por dónde empezar. Las paredes de la estancia estaban formadas por enormes ladrillos, como si se tratara de una pirámide, y de ellas colgaban pinturas de gatos egipcios, faraones, esfinges y otras imágenes, como si fuera un museo.

La sala estaba llena de estatuas y extrañas esculturas de animales. Junto a la chimenea había una pequeña pirámide de ladrillos amarillos.

—¿Qué es eso? —preguntó Peter señalando un gran papiro enmarcado que colgaba de una pared—. ¿Son jeroglíficos?

—Sí, señor —respondió Jonathan—. La escritura que usaban los antiguos egipcios. Hemos descifrado algunos, pero muchos de esos símbolos siguen siendo un misterio.

Me detuve ante una mesa para observar varias esculturas de aves. Eran de un azul marino intenso. Aunque parecieran nuevas, tenían que ser antiquísimas.

Jonathan me vio admirar las esculturas.

—Los egipcios usaban un tono de azul que aún no se ha podido recrear —dijo—. Ese brillo no se puede lograr ni con las tecnologías más modernas.

Suspiró con melancolía.

—Eran mucho más avanzados que nosotros en muchos aspectos.

En una pared, encima de una estatua de piedra, había colgado un dibujo del sol de color amarillo y naranja. Los rayos irradiaban desde el mismo centro del dibujo, que tenía jeroglíficos a su alrededor.

—Los egipcios adoraban al dios Ra —dijo Jonathan—. Esa pintura tiene más de dos mil años.

—¡Vaya! —dije—. ¡Genial!

Jonathan sonrió y sus mil arrugas volvieron a surcarle el rostro.

—He pasado muchos años de mi vida en Egipto —dijo—. Como verán, soy coleccionista. Tengo algunos tesoros de valor incalculable.

—¿Tienes alguna momia? —preguntó Peter—. A mis amigos y a mí nos encantan las momias.

Jonathan se alisó su bigote negro con los dedos. Luego miró fijamente a Peter.

—Quizá vean una momia o dos antes de marcharse —dijo.

—¡Qué bien! —dijo Peter—. ¿Podré tocarlas?

Antes de que Jonathan respondiera, una mujer entró en la sala. Era bajita y regordeta, con la cara redonda y las mejillas rosadas. Tenía la cabeza cubierta de rizos grisáceos y llevaba un delantal de flores sobre un vestido largo que le llegaba hasta los tobillos. Sus gafas reposaban a mitad de camino de su nariz achatada.

—Alabado sea Dios, Jonathan —dijo mientras se acercaba a nosotros esbozando una sonrisa que mostraba todos sus dientes—. Al fin llegaron tus invitados.

Tenía una voz muy musical. Casi se podría decir que cantaba las palabras al decirlas.

—Sí —dijo Jonathan—. Hemos esperado este momento con impaciencia, ¿verdad, Sonia?

—Con impaciencia —repitió Sonia sin dejar de sonreír—. Esa es la verdad.

Jonathan nos presentó a Sonia, su ama de llaves.

—Sonia se encargará de que tengan todo lo que necesiten —dijo.

—¿Ha visto una momia alguna vez? —le preguntó Peter a Sonia.

La pregunta sobresaltó a la mujer. Sus mejillas se tornaron de un color rojo intenso y miró a Peter por encima de sus lentes.

—¿Una momia? —dijo—. ¡Dios bendito! No. ¿Es que hay una momia en esta casa?

—Sonia está demasiado ocupada para pensar en momias —dijo Jonathan—. ¿Por qué no llevas a Abby y a Peter a sus habitaciones?

—Claro —dijo—. ¿Les gustaría verlas?

Sonia no dejaba de mirarme, lo cual ya era de por sí extraño. Pero no conforme con eso se me acercó aun más. Luego extendió sus dedos regordetes... ¡y los pasó por mi pelo!

—Tienes una bella cabellera negra —dijo con su voz musical—. Alabado sea Dios. Ciertamente es muy hermosa.

"¿A qué viene eso? —pensé—. ¿Qué es eso de que una persona desconocida te pase la mano por el pelo?"

—Los veré a la hora de la cena —dijo Jonathan con su pipa en la mano.

¿Me lo estaría imaginando? ¿O acaso él también me miraba el pelo?

Seguimos a Sonia por una amplia escalera de piedra. Las paredes estaban cubiertas de antiquísimos tapices con motivos egipcios.

—Esto es como vivir en un museo —susurró Peter.

Llegamos a un pasillo largo y oscuro. De las paredes colgaban viejas antorchas encendidas que proyectaban sombras inquietas sobre el suelo de mármol. El eco de nuestras pisadas resonaba a cada paso.

De pronto, Sonia se detuvo y señaló una vieja puerta de madera al final del pasillo.

—Estoy segura de que les gustará explorar la casa de su tío, pero jamás deben abrir esa puerta. Esa es la estancia privada de Jonathan —dijo bajando la voz hasta un leve susurro—. No entren allí a menos que él los invite.

Giramos a la derecha y avanzamos por la penumbra de otro pasillo. En ese instante creí oír algo y me detuve de golpe. ¿Qué eran? ¿Lamentos? ¿Gemidos?

Un escalofrío me recorrió el cuerpo. Y en ese momento me acordé de la mujer de la estación.

Jonathan la llamaba Annie la Loca.

Pero, ¿y si había dicho la verdad sobre esta casa?

Mi habitación era amplia, luminosa y absolutamente extraña. Las ventanas estaban cubiertas con dos cortinas moradas muy gruesas y del techo colgaba un gran candelabro que proyectaba lucecitas en todas direcciones.

Me quedé mirando la cama con dosel. Tenía telas sedosas a ambos lados y la colcha hacía juego con las cortinas. Nunca había dormido en una cama así. ¡Pensaba que me sentiría como una princesa de película!

La habitación también estaba llena de antiquísimos objetos egipcios. Caminé por ella, recogiendo del suelo vasijas de cerámica y pequeñas pipas y esculturas de aves. Las paredes estaban estampadas con hileras de hombres egipcios que caminaban de lado.

"¿Estarán decoradas así todas las habitaciones? —me pregunté—. El tío Jonathan debe estar obsesionado con el antiguo Egipto".

Puse mi maleta encima de la cama y la abrí. Desempacar no iba a ser complicado porque el armario era más grande que mi habitación en Boston.

Saqué una pila de camisetas. Cuando me disponía a guardarlas, sentí algo helado en la nuca y grité.

Por un momento me faltó la respiración, hasta que me di media vuelta.

—¡Peter! —grité—. ¡No se vale!

Me apuntó con su pistola de agua y me dio en los pantalones.

—¡Tramposo, estoy desarmada! —dije.

Me agaché a tiempo para ver pasar el siguiente chorro de agua por encima de mí.

—¡Has perdido, Abby! —dijo entre risas.

—Esa es la única manera en que puedes ganarme —dije secándome la nuca con la mano—. Solamente puedes vencerme si estoy desarmada.

Hurgué en mi maleta hasta dar con mi pistola de agua. La saqué, le apunté a la cara y apreté el gatillo.

Peter se agachó y luego se tiró al suelo.

Ahora me tocaba a mí reírme.

—No estaba cargada, tonto. ¿Crees que pondría una pistola cargada de agua en mi maleta?

—Aquí podremos librar grandes batallas acuáticas.

—Ya veremos —dije—. Con todas estas piezas de museo no creo que al tío Jonathan le haga gracia.

Saqué mi bolsa de aseo y la llevé al baño.

—¿Has desempacado? —le pregunté a mi hermano.

—Más o menos —respondió.

—¿Cómo que más o menos?

—He sacado algunas cosas, ya sabes —dijo, y empezó a hurgar en mi mochila.

—¿Qué quieres, Peter? —dije mientras se la quitaba.

—Estoy buscando tu teléfono —respondió—. ¿Llamamos a la abuela?

Lo dijo con una vocecita aguda y estridente, como si fuera un niño pequeño.

Había preocupación en su rostro. Yo también me había acordado de nuestra viejita.

—Claro —dije, y saqué mi teléfono celular y lo encendí—. Buenas noticias, tres barras. Aquí tenemos cobertura.

Oprimí el número de la abuela y contestó al tercer timbre.

—Abuela Berta, ¡soy yo! —dije—. Estamos con el tío Jonathan y todo va muy bien.

—Qué bueno que llamaste —dijo. Tosió y se aclaró la garganta. Tenía la voz ronca.

—Abuela, ¿cómo estás? —pregunté.

—Bastante bien. Me canso enseguida, pero... —dijo, y de pronto se quedó callada.

—¿Cuándo te hacen las pruebas? —pregunté.

—Mañana —respondió—. Pero no quiero que se preocupen. Quiero que disfruten de su estancia con Jonathan. Es un hombre muy interesante. Y tenía muchas ganas de conocerlos.

—Lo que está claro es que le fascina el antiguo Egipto —dije.

—¿De verdad? —contestó la abuela sorprendida.

Peter interrumpió la conversación.

—Pregúntale si podemos regresar a casa la semana que viene.

—No le voy a preguntar eso —susurré—. La abuela dijo que nos quedaríamos dos semanas.

—No se preocupen por mí —dijo la abuela Berta tosiendo un poco más—. No me va a pasar nada.

—Mañana te volveremos a llamar —dije antes de colgar.

—¿Cómo estaba? —preguntó Peter.

—Me sonó muy cansada —dije—. No deja de repetir que no le va a pasar nada. Espero que esté diciendo la verdad.

—Yo también —susurró él.

De pronto empecé a sentirme cansada y bostecé. El viaje había sido muy largo. Así que agarré a mi hermano por los hombros y lo empujé hacia la puerta.

—Peter, ve y desempaca —dije—. No quiero que dejes todas tus cosas en la maleta.

—Qué rollo —protestó. Me apuntó con su pistola de agua—. Pruuut, pruut —dijo, me dio un pisotón y salió pitando.

"Este chico es idiota", me dije a mí misma.

En cuanto acabé de desempacar, empecé a bostezar sin parar y sentí que los ojos se me cerraban.

La colcha parecía mullida y cómoda, así que decidí echar una pequeña siesta.

Me quité los zapatos y me tumbé sobre la colcha. ¡Era tan suave! Me quedé tumbada sintiendo su superficie aterciopelada.

Cerré los ojos.

Al instante, caí en un profundo sueño. Estar en aquella cama era como flotar en el aire.

No sé cuánto tiempo dormí. Parpadeé y, aún medio dormida, vi algo.

Una criatura oscura se deslizaba lentamente por la habitación.

Primero vi su sombra en la pared. Y luego la vi saltar.

Saltó a la cama… y de la cama a mi pecho. Y antes de que pudiera hacer nada se me lanzó al cuello.

7

Grité con todas mis fuerzas.

Oí pasos que se acercaban y, de pronto, alguien irrumpió en la habitación.

Sonia corrió hacia mi cama y me quitó la criatura del pecho.

Me quedé mirándola mientras se revolvía en sus manos.

Era un gato negro. Un enorme gato negro con ojos de color aceituna.

Me incorporé sofocada, tratando de recuperar el aliento. El corazón me golpeaba en el pecho, y aún podía sentir las garras del animal en el cuello.

Sonia tenía el gato bien sujeto. Era todo negro excepto por una V blanca que le surcaba el pecho. Me miraba fijamente con sus ojos oliváceos. Era muy inquietante. Su mirada era casi humana.

—Veo que acabas de conocer a Cleopatra —dijo Sonia.

—¿Eh? ¿Cleopatra?

—Santo Dios, no sabes cómo lamento que te haya asustado —dijo Sonia—. No le agradan las visitas.

—Es la gata más grande que he visto en mi vida —dije.

Cleopatra era una gata alargada y flaca. Debía de ser tan grande como el cocker spaniel de la abuela Berta.

—Viene de un linaje muy antiguo de gatos egipcios —dijo Sonia.

Le frotó el estómago y la gata se calmó. Todo su cuerpo quedó relajado. Salvo sus ojos, que no dejaban de mirarme.

Tenía la extraña sensación de que estaba intentando comunicarse conmigo, de que quería decirme algo.

—Es de un linaje antiguo —insistió Sonia—. Tu tío Jonathan la trajo de El Cairo.

—¿Hace cuánto? —pregunté—. ¿Cuántos años tiene?

—No es una gata joven. Tiene sus manías y no le gustan las novedades.

—Creo que quien no le gusta soy yo —dije.

Sonia se encogió de hombros y puso a la gata en el suelo.

Cleopatra volvió a mirarme. Sacó su lengua triangular y se relamió. Luego alzó su elegante cola y se marchó.

Bajé los pies al suelo. Me rugía el estómago.

—¿Falta mucho para cenar? —pregunté.

Sonia no respondió. Me di cuenta de que me estaba mirando el cabello otra vez.

Pensé que debía tenerlo alborotado. No me lo había cepillado desde que llegamos.

—Qué cabello tan hermoso —dijo sonrojada. Luego sonrió, extendió su mano hacia mí y me alisó el cabello.

"Qué raro", pensé, y sentí un escalofrío.

—Qué cabello tan hermoso —repitió Sonia—. Juro por mi alma que no se va a desperdiciar.

—¿Cómo dices? —pregunté—. ¿Qué acabas de decir?

Sonia dio media vuelta y salió de la habitación en silencio.

8

—Y ahí estaba yo, en Egipto, deslizándome por las aguas del Nilo por primera vez en mi vida —relató el tío Jonathan a la hora de la cena—. El Nilo es uno de los ríos más largos y fascinantes del mundo.

Peter dejó su muslo de pollo en el plato.

—¿Sentiste miedo?

—Qué pregunta más rara —respondió Jonathan—. No, estaba contento. Entusiasmado. Feliz de estar en el mismo río por el que navegaron los faraones.

Peter se quedó pensativo.

—Pero, ¿y las momias? ¿No te dan miedo?

Jonathan se limpió el bigote con la servilleta y sonrió.

—Peter, en Egipto no hay momias por todas partes —dijo—. Casi todas están en museos. Y las que quedan están enterradas en tumbas a gran profundidad.

—Bueno, ¿pero vas a enseñarnos una momia o qué?

Jonathan y yo nos reímos.

—Peter, ¡qué obsesión! —grité—. Tienes la cabeza llena de momias.

—¿Y a ti qué? —dijo, y me sacó la lengua.

—A lo mejor te enseño una después de cenar —dijo Jonathan—. Pero primero termina el pollo y déjame terminar mi historia.

—Mi plato favorito es el pollo frito con puré de papas —dije yo.

—Era un día muy soleado —prosiguió Jonathan—. Se podían ver los peces plateados en el río. Había bancos y bancos de peces. El caso es que de tan entusiasmado que estaba no presté mucha atención. Me incliné hacia fuera para ver mejor los peces y ¡cataplof!, caí al agua.

—¡Vaya! —grité—. ¿Era profundo?

—Profundísimo. Y el caso es que nunca he sido un gran nadador. Para colmo de males la barcaza avanzaba muy rápido. Traté de alcanzarla a nado.

—¿Nadie te vio caer? —preguntó Peter.

—Eso parece —respondió Jonathan—. Seguí nadando lo más rápido que pude. Fue entonces cuando empecé a sentir algo en los pantalones. En ese momento supe que estaba en verdaderos apuros.

—¿Qué era? —dije.

—No estoy seguro —respondió Jonathan—. Posiblemente un tipo de anguila. Empezaron a entrarme por los pantalones, a deslizarse alrededor de mis piernas y a darme mordiscos.

—¿Y qué pasó? —preguntó Peter.

—Se comieron mis piernas y me morí —dijo Jonathan con tristeza.

Peter y yo nos quedamos fríos. El amplio comedor quedó en silencio.

Y, entonces, Jonathan soltó una carcajada.

—Perdón —dijo—. La gente suele acusarme de tener un sentido del humor un tanto macabro.

Peter y yo nos empezamos a reír. Nos habíamos creído todo lo que nos había contado. No sabíamos que le gustara tanto gastar bromas.

Después de la cena, Sonia nos trajo a cada uno una generosa porción de tarta de manzana con helado de vainilla. Fue una cena maravillosa. Creo que Jonathan quería que nos sintiéramos como en nuestro propio hogar.

Pero me di cuenta de que Peter estaba un poco ansioso. Es el tipo de chico que no puede estarse quieto más de diez minutos. En casa, come la comida como un perro, en cinco segundos, luego se levanta de la mesa y le pregunta a la abuela Berta si puede marcharse.

Jonathan terminó de comer su tarta, dejó el tenedor en el plato y le sonrió a Peter.

—Está bien, está bien —dijo—. Ya sé lo que quieres. Sígueme.

Peter dio un brinco de emoción.

—¿Vas a enseñarnos la momia?

—Sígueme —repitió Jonathan poniéndole las manos en los hombros. Luego preguntó—: ¿Peter, de dónde viene tu interés por las momias?

—De las películas —respondió Peter—. Lo que más me gusta es cuando cobran vida y van por ahí estrangulando a la gente.

—A mí también me gustan esas películas —dijo Jonathan sonriendo—. Aunque la verdad es que me gustaría que fueran un poco más realistas. Las historias reales dan más miedo aun, ¿sabes?

Jonathan nos llevó por un largo y sinuoso pasillo. De las paredes colgaban grandes retratos al óleo de personas antiguas. Todas tenían un aspecto tenebroso y triste, como si acabaran de recibir una mala noticia. Algunas se parecían mucho a Jonathan. Supuse que serían antepasados suyos. Y míos, claro.

Vi una biblioteca con estanterías que ocupaban todas las paredes, desde el suelo hasta el techo. En otra habitación había una mesa de billar y una barra de madera oscura. Pasamos por un amplio estudio lleno de papeles y ficheros y por varias habitaciones con las puertas cerradas.

—Voy a llevarlos al templo.

El eco de su voz se hacía más sonoro a medida que descendíamos unas escaleras sumamente inclinadas.

—Es una recreación perfecta de un templo del antiguo Egipto —explicó—. Tardé tres años en construirlo.

Doblamos otra esquina y seguimos a Jonathan por otro pasillo.

—Esta casa es descomunal —dije—. Uno podría perderse aquí.

—Tienes razón —dijo Jonathan—. Una vez estuve dos años perdido aquí dentro.

Esta vez Peter y yo nos reímos. Empezábamos a acostumbrarnos a su sentido del humor.

Nos llevó hacia una altísima puerta de doble hoja, que estaba custodiada por dos estatuas de piedra colocadas sobre sendos pedestales. Debían medir más de diez pies cada una. Eran una especie de gigantescos gatos feroces que miraban hacia abajo con las fauces abiertas. Sobre ellos había dos antorchas.

Jonathan abrió las pesadísimas puertas y susurró:

—Bienvenidos al templo.

Pasamos a una enorme sala sin dejar de escuchar el eco de nuestros pasos. El techo era altísimo. La única luz de aquella extraña estancia procedía de una chimenea que proyectaba sombras hacia nosotros.

Tardé unos instantes en acostumbrarme a la luz mortecina. Poco después vi un extraño rectángulo erguido ante el fuego. No tardé en darme cuenta de que era un sarcófago.

Peter dio un brinco de emoción y a mí me empezó a palpitar el corazón con fuerza.

Seguimos a Jonathan mientras se acercaba al sarcófago. En seguida comprobé que era de mi misma altura.

Jonathan puso la mano sobre el sarcófago y susurró:

—Les presento a Ka-Ran-Tut, el niño faraón.

Al inclinarse para abrir el sarcófago, se formó un extraño parpadeo de luces y sombras procedente de la chimenea. Era como si Jonathan apareciera y volviera a desaparecer entre la oscuridad. La leña rugía con fuerza y las brasas chisporroteaban estrellitas de luz.

La tapa se abrió con facilidad, y entonces la vi. Tenía a la momia ante mis ojos. Me sorprendió que fuera tan menuda, diminuta y frágil.

—Cuando murió tenía tu edad, Peter —dijo Jonathan dando un paso atrás para que pudiéramos ver a la momia con claridad.

Me quedé helada. Su cabeza era extraordinariamente delicada. Las vendas que la envolvían estaban desgarradas y desteñidas. Algunas de ellas se habían soltado de los frágiles brazos, que estaban cruzados sobre el pecho. Tenía los pies negros.

—Acérquense más —dijo Jonathan—. Acérquense un poco y la verán mejor.

Peter contemplaba aquella imagen espeluznado, con la boca abierta y los ojos casi fuera de sus órbitas.

—Tenía tu edad —insistió Jonathan—. Y sin embargo gobernó Egipto desde los cuatro años de edad. A los siete ya había ordenado ejecutar a más de dos mil personas.

—Vaya —dijo Peter—. Fue un chico malo, ¿no?

—Podríamos decir que sí —respondió Jonathan.

—Me… cuesta creer que esa cosa haya sido un chico real —dije meneando la cabeza con increduli-

dad—. Estoy segura de que esta noche voy a tener pesadillas.

Me acerqué un poco más. Me preguntaba si sería posible verle los ojos y la boca bajo las vendas.

Acerqué la cara al rostro vendado. Y entonces oí algo que me dejó sin aliento.

"¿Y tu momia?"

9

Di tal bote hacia atrás que casi me caigo.

Y entonces escuché la peculiar y estrenduosa risa de Peter.

—¡Te lo creíste! —dijo dándome un empujoncito en el hombro. No podía parar de reír.

—¡DE ESO NADA! —grité—. ¡Sabía que eras tú!

Peter me miró a los ojos sonriendo.

—Si lo sabías, ¿por qué has gritado? —dijo—. ¿Y por qué has brincado?

—Lo he hecho para confundirte —respondí devolviéndole el empujón.

—Les recuerdo que estamos en un templo —dijo Jonathan mientras volvía a cerrar cuidadosamente el sarcófago.

—¿Tienes más momias, tío? —dijo Peter—. ¿Momias grandes?

Jonathan no respondió. Estaba muy ocupado asegurándose de que el sarcófago estuviera perfectamente sellado. Luego desempolvó un poco la parte del frente y nos miró. La luz del fuego daba a sus ojos un brillo extraño.

—Tendrán tiempo de sobra para explorar mi casa —dijo al fin—. Y es posible que acaben descubriendo cosas realmente asombrosas.

Peter no se quería ir a dormir. Seguía en un estado de excitación extrema tras ver una momia real por primera vez. Estaba que se subía por las paredes, hablando a mil por hora, como si acabara de comer una tableta de chocolate.

Al final tuve que llevarlo a rastras por el pasillo hasta su habitación.

Luego pensé en llamar a la abuela Berta, pero se había hecho un poco tarde. Seguramente estaría dormida.

Me zambullí en la cama y me tapé con la sedosa colcha. Al cerrar los ojos se me apareció la imagen de aquella pequeña y frágil momia.

¿Habría realmente un niño debajo de aquellas vendas? ¿Sería verdad aquello de que a los siete años ya había ordenado matar a dos mil personas?

Solo de pensarlo se me ponía la carne de gallina. Me cubrí con la colcha aun más.

Cuando ya estaba casi dormida oí una voz. No era una voz fuerte, pero la sentí muy cerca.

Me incorporé con los ojos como platos. Y presté atención.

Oí lamentos. Gemidos de dolor. Una y otra vez.

¡Los gemidos de los que nos había advertido Annie la Loca!

¿De dónde procedían? ¿De la habitación de al lado?

Al sacar un pie de la cama me di cuenta de que estaba temblando.

—Tengo que contárselo al tío Jonathan —susurré.

Me quité la colcha de encima y me bajé de la cama. Caminé hacia la puerta, pero me detuve en medio de la habitación.

Permanecí quieta. ¿Qué? Tardé unos segundos en darme cuenta de que estaba rodeada por el rumor de un frágil aleteo.

¡El aleteo de murciélagos!

Miré hacia atrás. La ventana de la habitación estaba abierta. Las cortinas se hinchaban con la corriente de aire.

Recordé la imagen de los murciélagos revoloteando alrededor de los torreones de la casa.

¡Y ahora estaban dentro de mi propia habitación!

Corrí hacia la ventana, pero antes de que pudiera cerrarla escuché un chillido.

Un enorme murciélago de ojos rojos había entrado en la habitación.

10

—¡Noooo!

Me aparté de la ventana aterrorizada.

El chillido se escuchaba ahora dentro de mi propia habitación. Era un chillido agudo y ensordecedor. Y de pronto sentí la punta de un ala del murciélago en mi mejilla.

El animal describió un amplio círculo a mi alrededor dando potentes aletazos. Sus ojos refulgían como brasas candentes y su estridente chillido me atravesaba los oídos.

Lo primero que hice fue taparme la cabeza. Luego traté de espantarlo.

Pero era demasiado rápido. Volví a sentir un roce en la piel. Me tapé la cara con las manos. Sentía a mi alrededor los golpes de aire de su incesante aleteo.

Describió otro círculo y luego se marchó por la ventana.

Suspiré aliviada, corrí hacia la ventana y la cerré de golpe.

Traté de controlar la respiración, pero temblaba de pies a cabeza.

Me agarré del marco de la ventana como si mi vida dependiera de ello. Luego pegué la frente al frío cristal y observé la oscuridad de la noche.

Vislumbré el tejado inclinado de la torre opuesta, iluminada por una media luna. A su alrededor planeaban varios murciélagos, que se impulsaban con esporádicos golpes de ala.

De pronto, empezaron a descender en picado y a remontar de nuevo hasta lo alto de la torre. Algo los había excitado.

Miré hacia el jardín... y aparté la mirada espantada.

Allí abajo, sobre la hierba, un hombre trataba de repeler el ataque de los murciélagos que se lanzaban hacia él como perros rabiosos.

Respiré hondo y volví a mirar. La luz de la luna iluminaba su silueta alta y fornida, y proyectaba una larga sombra frente a él.

Era un hombre fuerte de aspecto malvado que llevaba un abrigo largo y amplio.

De pronto miró hacia arriba.

"¿Me habrá visto?", pensé.

Traté de esconderme detrás de la cortina sin quitarle la vista de encima. La pálida luz de la luna le iluminaba una cicatriz en la frente. Una tensa mueca de odio recorría su rostro.

¿Quién sería ese hombre? ¿Qué querría?

Hacía aspavientos con las manos tratando de espantar a los murciélagos mientras atravesaba torpemente el césped en dirección a la casa.

Podía oír perfectamente el aleteo de los animales. Y dejé escapar un alarido al ver cómo una bandada de ellos se precipitaba hacia él. Los diez o doce murciélagos pasaron junto a mi ventana y se lanzaron sobre aquel siniestro personaje. Pude ver sus ojos refulgentes y decididos.

Aquel hombrón se agachó y trató de esquivar los murciélagos, pero eran demasiados.

Movía sus enormes brazos para liberarse de las pequeñas fieras y gritaba con desesperación mientras desgarraban su abrigo y golpeaban su pecho.

Los murciélagos empezaron a caminarle por los hombros y a arañarle el cuello. Luego llegó uno dando alaridos, como una sirena, y le clavó las uñas en la calva.

El hombre dio varios pasos hacia atrás y cayó.

Seguían llegando más y más murciélagos, y se lanzaban sobre el hombre, que trataba de ponerse de pie. Las alas de aquellas repugnantes criaturas le cubrían totalmente la cabeza.

—¡Auxilio! —grité—. Lo están matando.

11

Tuve que apartar la mirada de aquel dantesco espectáculo.

¿Acaso no había escuchado aquellos gritos el tío Jonathan?

Miré otra vez por la ventana, agarrada a la cortina. Vi huir al hombre. Había dejado el abrigo sobre el césped, como si fuera un obsequio para los murciélagos. Salió corriendo colina abajo agitando los brazos.

Los murciélagos lo seguían a escasa distancia, pero esta vez no lo atacaban. Era como si se conformaran con ahuyentarlo.

Solté la cortina. Tenía las manos heladas. Estaba tiritando y los dientes me castañeaban de frío.

Me alisé el camisón y salí corriendo por la penumbra del pasillo.

—¡Tío Jonathan! —exclamé—. ¡Tío Jonathan!

Miré a uno y otro lado. ¿Dónde estaría su habitación?

Al cabo de unos segundos oí pasos que se acercaban a toda prisa. Sonia apareció por una esquina abrochándose la bata.

—¡Sonia! ¡Un hombre! ¡He visto un hombre! —alcancé a decir.

Me envolvió en un abrazo. Tenía las mejillas calientes y olía a perfume de flores.

—¿Estás bien? Ay, niña de mi vida, estás temblando. ¿Estás bien?

No dejaba de repetir esas palabras.

—Sí. Pero, ese hombre —dije—. Lo vi por la ventana. ¡Ha sido horrible! Los murciélagos…

—¿Te han hecho algo? —dijo acariciándome el cabello—. Respira hondo, mi niña. Rezaré para que te sientas mejor.

Empezaba a serenarme, pero no podía quitarme de la cabeza la imagen del brutal ataque de los murciélagos y sus chillidos estridentes.

—Los murciélagos han atacado a un hombre. Lo he visto con mis propios…

Sonia se llevó un dedo a los labios.

—A veces suben extraños por la colina y merodean por la casa —susurró—. Los murciélagos son nuestros guardianes. Doy fe, mi niña, de que siempre logran espantarlos.

—Pero ha sido terrorífico —dije—. Se le echaron encima como fieras.

—Ese hombre ha aprendido bien la lección —susurró, clavándome sus ojos oscuros—. Ya no volverá más.

Me puso su brazo sobre el hombro y me llevó hacia mi habitación.

—Vamos, a la camita —dijo—. Yo te taparé.

Me acurruqué bajo las sábanas y sentí su mano en mi cabello.

—A soñar con los angelitos —susurró—. Aquí estarás a salvo, mi vida.

Me tapó bien con las sábanas y se dirigió de puntillas hacia la puerta dejando una estela de perfume.

Hundí la cabeza en la mullida almohada. Cerré los ojos, pero sabía que me costaría mucho conciliar el sueño.

Tenía el corazón acelerado. Y al otro lado de la ventana aún se oía el aleteo de los murciélagos.

Cuando ese ruido por fin desapareció, empecé a oír otro diferente. Eran los mismos gemidos y lamentos de antes. Estaban muy cerca... ¡Al otro lado de la pared!

Aquellos espectrales sonidos iban y venían.

¿Lo estaría imaginando? ¿Estaría oyéndolos realmente?

Luego creí oír palabras, como un canto profundo que surgía de entre los lamentos. Las mismas palabras repetidas una y otra vez: "Quiero morir... quiero morir... quiero morir...".

12

A la mañana siguiente corrí hacia la cocina con el camisón aún puesto. Tenía el pelo alborotado pero me daba igual. Me moría de impaciencia por preguntarle a Jonathan acerca de los murciélagos, aquel hombre, los gemidos y los lamentos... ¡Sobre todo lo sucedido!

Cuando llegué a la cocina, Peter ya estaba sentado a la mesa comiéndose un tazón de cereales. Tenía toda la barbilla llena de leche. Mi simpático hermanito me dedicó una sonrisa adornada con papilla remasticada.

Jonathan también estaba allí. Sostenía una taza blanca con ambas manos. Al verme entrar sonrió e hizo un gesto hacia la silla que había ante la mesa frente a él.

—¿Has logrado dormir, Peter? —pregunté.

Mi hermano asintió con la cabeza.

—¿Es que no has oído a los murciélagos? ¿Y los gritos? ¿No has oído nada?

Meneó la cabeza sin levantar la mirada de su tazón.

—Estás loca —dijo mientras le corría un chorro de leche por el mentón.

44

—No, no lo está —dijo Jonathan, y se volvió hacia mí—. Abby, te pido disculpas por lo de anoche. Sonia me lo contó todo y de veras lo siento. Tu primera noche ha resultado ser una especie de pesadilla.

—Ha sido verdaderamente horroroso —dije—. He visto los murciélagos y el...

Jonathan extendió la mano desde el otro lado de la mesa y me dio una palmadita en la mano.

—Te debo una explicación. Mira, Abby, debajo de la casa tengo una cueva de murciélagos. ¿Por qué? Pues porque estudio a los murciélagos.

Sonia puso ante mí un plato de huevos revueltos con tocineta. Le di las gracias, pero en realidad no tenía ni pizca de hambre. Aún me quedaban muchas preguntas por hacer.

—Había un hombre afuera —dije.

—Como puedes ver, mi casa es muy atractiva para los ladrones —dijo él—. Es lógico. Tengo muchísimos objetos de valor.

Tomó un sorbo largo de café. Luego se secó el bigote con una servilleta.

—Sonia me dijo que te asustaste al ver al intruso —continuó—. No hay nada que temer, Abby. Esta casa está resguardada de todos aquellos que quieran entrar sin permiso.

—Se te están enfriando los huevos —dijo Sonia ante la puerta de la cocina.

Agarré el tenedor y empecé a comer. Poco a poco empezaba a sentirme mejor. Iba a hacer otra pregunta, pero Peter me interrumpió.

—¿Podemos ir al pueblo? —preguntó—. Se me ha roto el iPod y quiero comprar otro.

Jonathan miró a Peter y frunció el ceño.

—No creo que podamos ir hoy —dijo—. Tengo muchísimo trabajo. Y además en este pueblo no hay ninguna tienda que los venda. Todo lo que necesito lo compro por correo.

—¿Por correo ordinario? —dijo Peter—. ¡Qué rollo! ¿Me estás diciendo que aquí no tienes conexión de Internet?

El teléfono interrumpió la conversación. Nuestro tío salió de la cocina para contestar la llamada.

—Peter, ¿qué modales son esos? —susurré—. ¿Qué es eso de decirle a Jonathan que su casa es un rollo?

—No me refería a eso —dijo con la boca llena.

Y sin previo aviso me lanzó una cucharada de cereal con leche. Me dio de lleno en el camisón.

—Muchas gracias —dije—. Me gustaría saber por qué tienes que ser tan insoportable.

—Todo lo que sé lo he aprendido de mi hermanita —dijo.

Qué tipo más simpático.

Terminé de desayunar y subí de nuevo a mi habitación. Un haz de luz intensa entraba por la ventana. Era un día claro y despejado.

Me puse mis jeans y una camiseta sin mangas de color amarillo intenso. Luego me fui a cepillar el cabello delante del tocador.

¡Menudo lujo! ¿Te imaginas lo que es tener tu propio tocador? Este era de oro y mármol. Tenía un pequeño banco mullido para sentarse ante él.

Me llevé el cepillo a la cabeza y me lo pasé una vez... dos veces...

¿Qué? Algo no me cuadraba.

Por la noche se me enreda mucho el cabello, pero no me estaba costando nada cepillarlo.

Me incliné hacia el espejo para verme más de cerca, y después viré la cabeza para mirarme de lado.

No.

No.

No podía ser.

¡Me faltaba un mechón!

No podía creerlo. Me metí la mano por debajo del cabello, lo acerqué al espejo y lo observé detenidamente.

Me faltaba un mechón y no podía hacer nada para remediarlo. Nada.

¿A quién se le podría haber ocurrido hacerme algo así?

Estaba perpleja. Aturdida. Dejé caer el cepillo en mi regazo y me miré al espejo. Traté de pensar con serenidad.

Oí unos pasitos suaves detrás de mí.

Antes de que pudiera darme vuelta, sentí una cuchillada en la espalda.

Lancé un alarido, y sentí un dolor agudo que me recorría toda la espalda.

Me viré de nuevo y me sacudí a Cleopatra de encima. La gata cayó al piso patas arriba. Luego se dio la vuelta de golpe y me miró con sus ojos verdosos.

—¡Auch! —dije tratando de frotarme la espalda. Pero no alcanzaba al sitio preciso del arañazo—. ¡Gata malvada! ¿Por qué no me dejas en paz?

En ese momento vi mi pistola de agua a un lado del tocador y recordé que la noche anterior la había llenado de agua.

—¡Ajá! ¡Llegó la hora de la venganza! —grité.

Agarré la pistola de agua, me volteé... y mojé a la gata de la cabeza a la cola.

Me reí. Y esperé a que Cleopatra se diera media vuelta y saliera corriendo.

Pero no lo hizo.

Se quedó ahí.

Los ojos se le pusieron en blanco. Bajó las orejas. Empezó a agachar la cabeza.

Y luego vi con mis propios ojos cómo empezaban a caer al piso trozos de gato. La cola se convirtió en polvo, los ojos rodaron hacia fuera y la cabeza se separó del cuerpo y se desplomó.

Pasados unos segundos, aquella gata malvada se había pulverizado. Se había desintegrado y lo único que quedó ante mis pies fue un montoncito de ceniza.

13

Me puse las manos en la cara y grité. Al mirar aquellas cenizas sentí una oleada de pánico.

Cerré los ojos y me aparté de allí.

—Esto no tiene sentido. ¡No tiene NINGÚN sentido! —grité con la voz temblorosa.

Intenté respirar hondo. Y salí corriendo.

—¡Peter! ¡Peter! —grité mientras corría por el oscuro pasillo.

Oía mis propias pisadas en el piso de madera. Abrí la puerta de la habitación de Peter y lo llamé desde el umbral:

—¡Peter, tenemos que largarnos de aquí!

Estaba tirado en la cama leyendo un cómic. Tenía su computadora portátil en el suelo, a su lado. Había ropa tirada por todas partes.

—¿Cómo dices? —dijo levantando la mirada del libro—. ¿Se puede saber qué te pasa, Abby?

—Tenemos… tenemos que salir de esta casa —dije casi sin aliento—. Tenemos que buscar al tío Jonathan. Vamos a decirle que la abuela Berta nos ha llamado y nos ha pedido que regresemos.

Peter se incorporó bostezando.

—Estás bromeando, ¿no?

Corrí hacia él, lo agarré del brazo y lo hice levantarse.

—¡Escúchame bien! Están pasando cosas extrañas. La gata... Cleopatra...

—Es la gata más asquerosa que conozco —dijo Peter.

—Es no, ¡era! —dije mientras le pasaba sus tennis—. La rocié con la pistola de agua y... ¡y se deshizo! O sea, ¡se volvió polvo!

Peter me miró con los ojos como platos.

—¿La has matado?

—Lo único que hice fue echarle un poco de agua encima y se convirtió en ceniza —dije—. Ponte los zapatos, Peter. De prisa. No podemos quedarnos aquí más tiempo.

Finalmente me creyó. Se puso los tennis y me siguió por el pasillo.

—¿Y cómo nos vamos a escapar? —preguntó.

—Creo que sale un tren diario —dije—. Le diremos a Jonathan que la abuela nos ha pedido que regresemos. Él mismo nos llevará a la estación.

—Pero... ¿no deberíamos llamar primero a la abuela? —preguntó Peter en voz baja.

—Luego la llamaremos —respondí—. ¡Lo primero que tenemos que hacer es salir de esta casa!

Bajamos los escalones de dos en dos. Buscamos en las habitaciones del frente, en la salita, en la cocina, en el comedor. No había rastro ni de Jonathan ni de Sonia.

—¡Tío Jonathan! —llamó Peter poniendo las manos alrededor de la boca—. ¿Dónde estás?

La voz de Peter resonó por el pasillo. Nadie contestó.

—Vamos a su habitación —dije.

Volvimos por las escaleras muy juntitos y atravesamos el largo pasillo.

Su puerta estaba abierta solo un poco.

—¿Tío Jonathan? ¿Estás ahí?

Silencio.

Empujé la puerta. El viento inflaba las cortinas color café. Había una chaqueta negra sobre una esfinge de piedra y una alfombra arrugada en el suelo. La cama estaba deshecha.

—No está aquí —murmuró Peter.

Varios segundos después nos encontramos ante la puerta de madera al final del pasillo. Era la estancia privada de Jonathan.

Alcé la mano para llamar, pero Peter me la agarró.

—Ahí no podemos entrar, ¿recuerdas?

—Es una emergencia —dije.

Golpeé la puerta bien fuerte.

Silencio.

Agarré el pomo, le di vuelta y abrí la puerta. Asomé la cabeza y percibí un olor fuerte.

—Huele a consulta de médico —susurró Peter.

Nos detuvimos ante una sala enorme con el techo muy alto y las paredes empapeladas de rojo oscuro. La luz del sol penetraba desde una fila de ventanucos en lo alto de la pared.

Esperé a que la vista se me adaptara a la intensa luz. Y luego los vi.

—¿Sarcófagos?

Peter me agarró de la mano.

—¡Alucinante! —susurró—. Hay docenas y docenas de ellos. ¿Crees que habrá una momia en cada uno?

Me quedé mirando las tres hileras de sarcófagos perfectamente alineados. La habitación estaba repleta de ellos.

—No lo sé —respondí—. Pero esto me da muy malas pulgas.

Di un paso... y me detuve.

Oí un lamento. Procedía de uno de los sarcófagos más próximos.

Oí un suspiro, luego un lamento y después una especie de gruñido.

Era como si las momias estuvieran... ¡VIVAS!

Me quedé sin aliento. Sentí una especie de presión en el pecho, como si estuviera a punto de estallar de terror.

La noche anterior había escuchado esos mismos lamentos a través de la pared de mi habitación. Jamás imaginé que pudieran proceder de momias vivientes. ¿O es que acaso...? ¿Habría otra persona... u otra cosa dentro de esa especie de ataúdes?

Me di la vuelta. Tenía que salir de allí.

Pero Peter me lo impidió.

—¡Mira, Abby! —dijo señalando algo.

Había una puerta abierta en el extremo opuesto de la habitación.

—¿Estaría el tío Jonathan al otro lado?

Me empezaron a pasar mil preguntas por la mente. ¿A qué se dedicaba Jonathan realmente? ¿Por qué tenía esas momias escondidas?

No me interesaban las respuestas. Lo único que deseaba era salir de aquella casa.

Peter y yo pasamos entre los sarcófagos, con mucho cuidado de no tocar ninguno. A cada paso que dábamos escuchábamos lamentos y quejidos a ambos lados. Pero yo tenía la mirada fija en la puerta. No deseaba voltear la cabeza. No quería verlos.

Al llegar a la puerta nos asomamos al otro lado. Había una habitación muy bien iluminada y muy, muy limpia. El techo y las paredes estaban pintados de blanco.

Había aparatos electrónicos puestos contra la pared. También había mesas metálicas y pipetas de oxígeno. Parecía el quirófano de un hospital.

Al ver a Jonathan me eché hacia atrás.

Estaba detrás de una camilla metálica alargada, inclinado sobre una momia.

Volví a asomarme con mucho cuidado. Jonathan bajó la cabeza. No nos había visto.

Contuve la respiración y no moví ni un pelo. Miré a mi tío, que estaba inclinado sobre la momia. No podía dar crédito a mis ojos. Tenía mirada de loco. Su rostro estaba rojo de excitación.

Se remangó la camisa y se sacudió algo de las manos.

Luego, lentamente, empezó a desenvolver las viejas vendas.

Lo vimos clavar las manos en el estómago de la momia.

Metió las dos manos hasta el fondo... y sacó un órgano brillante y morado. ¿Sería un riñón? ¿El hígado?

—¡Qué aaasco! —susurré.

Y entonces alzó los repugnantes y viscosos intestinos de la momia, se los llevó a la boca... ¡y empezó a comérselos!

14

El estómago se me encogió. Se me cerró la garganta. Sentí que empezaba a ahogarme.

"¿Cómo puede alguien comer tripas de momia? ¿Cómo es posible que a una momia le queden tripas adentro?"

Me aparté de la puerta y casi tiro a Peter al suelo. Cerré los ojos pero seguía viéndolo… seguía viendo al tío Jonathan metiéndose esos intestinos sanguinolentos en la boca…, el líquido viscoso cayéndole por la barbilla…, seguía viéndolo masticar y masticar las tripas de la vieja momia como si fueran un manjar…, su mirada perdida y su expresión perversa.

—¡Qué asco! —susurró Peter sujetándose el estómago y dejando escapar un leve gruñido—. Creo que voy a vomitar, lo digo en serio.

—No hay tiempo para eso —susurré—. Tenemos que salir de aquí… ¡ya! ¡Está loco! ¡Está totalmente chiflado! Apúrate, Peter. ¡Tenemos que pedir ayuda!

Nos dimos la vuelta y salimos corriendo. Nuestras pisadas resonaban con fuerza en la sala de los sarcófagos de cuyo interior seguían saliendo lamentos.

Y, de nuevo, creí oír: "Quiero morir! ¡Quiero morir!".

Salimos disparados por la puerta y atravesamos el largo pasillo a toda velocidad. El corazón me latía con tal fuerza que apenas podía respirar.

¿Nos habría oído Jonathan? ¿Nos estaría siguiendo?

Miré hacia atrás. No. No había ni rastro de él.

Peter y yo entramos a mi habitación a toda prisa. Cerré la puerta.

—Tranquila. Tranquila —dije en voz alta y casi sin aliento. Supongo que trataba de tranquilizarme a mí misma porque estaba horrorizada. Nunca había pasado tanto miedo en toda mi vida.

—Se estaba comiendo las tripas —dijo Peter con incredulidad y en voz baja. Tenía la cara verdosa—. El sabor debe de ser repugnante. Se estaba comiendo un… un… ¡CADÁVER!

Yo también sentí náuseas. Levanté una mano.

—Ya está —dije—. Deja de pensar en eso.

Peter se sentó en el borde de la cama y movió la cabeza de un lado a otro, como si no diera crédito a lo que acababa de ver.

—¿Qué vamos a hacer? Es un maníaco. No podemos quedarnos aquí.

La cabeza me daba vueltas.

"Tranquila. Tranquila", me dije.

Agarré el teléfono celular de la mesita de noche.

—Llamaré al 911 —dije—. A la policía local. Tendrán policía local, ¿verdad?

Abrí el teléfono y empecé a marcar el número.

—¡No tiene pila! ¡Alguien ha quitado la pila de mi teléfono! —dije espantada.

Peter se quedó boquiabierto.

—No quieren que llamemos a nadie —alcanzó a decir.

Agarré mi chaqueta. Luego tiré de mi hermano.

—Vamos. Ponte el abrigo. Nos largamos.

—Pero, ¿a dónde? —dijo dando un paso atrás.

—Al pueblo —dije—. Quizá encontremos allí a la policía. O quizá pase un tren que nos saque de este lugar.

Me asomé por la puerta. No había nadie. Ni rastro de Jonathan ni de Sonia.

—¡Vamos!

Corrimos a la habitación de Peter. Agarró su sudadera con capucha, se la puso y bajamos por las escaleras.

—¡El teléfono de la cocina! —dije señalando al teléfono negro de la pared.

Lo agarré y me lo puse en la oreja.

No tenía tono.

Nada.

Arrastré a Peter hacia la puerta principal.

—No nos queda alternativa. Podemos llegar al pie de la colina. Sé que podemos. Son solo dos millas hasta el pueblo.

Salimos. El día se había tornado gris y oscuro. Las nubes tapaban el sol.

Sentí una fina y gélida llovizna en la cabeza y en los hombros. Una densa niebla invadía la colina. Era tan espesa que ni siquiera se veía el pueblo.

Temblando de frío, me subí la cremallera hasta arriba. Una gélida gota de lluvia me cayó en la nariz. Me la sequé. Sentía el frío húmedo en los huesos.

—No veo nada —dijo Peter—. Esta niebla es más densa que el humo.

—Mejor así —respondí—. Si Jonathan viene por nosotros no podrá vernos. Y será más fácil escondernos.

Sin separarnos ni un instante, bajamos por el sinuoso camino que descendía por la ladera. Peter se puso la capucha. Caminamos rápido, casi al trote.

Pero el viejo camino estaba lleno de agujeros y surcos. Tropecé y caí al piso. Me hice mucho daño en la rodilla, pero seguí caminando lo más rápido posible.

Miré hacia atrás para ver si Jonathan nos seguía. Pero con esa niebla era imposible saberlo.

De pronto, el sol penetró en la niebla, y la iluminó con tal intensidad que tuve que bajar la mirada. Luego volvió a desaparecer. Fue como pasar de la noche al día y del día a la noche en un instante.

Poco después Peter se detuvo en seco.

—¿Qué es ese sonido? —dijo.

Al cabo de unos segundos yo también lo oí sobre nuestras cabezas. ¿Un helicóptero?

Hice un esfuerzo por ver a través de la densa niebla. Oí un sonido estridente, como el chillido de una rata. Y entonces los vi.

Murciélagos.

Dardos negros que se deslizaban sobre nuestras cabezas y desaparecían de nuevo entre las capas de niebla.

—¡Los murciélagos nos persiguen! —gritó Peter.

Oí el chillido de un murciélago y me agaché justo a tiempo para que no me diera en la cabeza. Sentí sus alas y luego lo vi desaparecer en la niebla.

El camino rodeaba una pequeña arboleda de pinos moribundos. Los bordeamos sin dejar el camino. Yo iba con las manos en la cabeza para protegerme de los murciélagos. Las piernas me dolían de la larga caminata.

Seguía mirando hacia atrás, temiendo oír el coche de caballos de Jonathan de un momento a otro. Sabíamos que vendría a buscarnos en cuanto supiera que nos habíamos fugado.

El camino se nos hizo eterno. Los murciélagos no dejaban de chillar y de sobrevolar a poca distancia. Nos siguieron hasta el pie de la colina.

Los árboles acabaron por desaparecer y dieron paso a una amplia pradera. Cuando nos aproximamos a Cranford, la niebla se disipó.

Peter y yo corrimos a lo largo de Main Street, una calle flanqueada de casas y pequeños comercios. Un gato negro nos miró desde el interior de un escaparate. Me recordó a Cleopatra.

Volví a visualizarlo todo en mi mente. La expresión de sorpresa de la gata cuando la rocié con agua. El animal desmoronándose en pedazos… y transformándose en polvo. Sentí un escalofrío por todo el cuerpo.

Nos detuvimos del lado opuesto de la estación de tren. No había nadie en el andén y ni un alma en la calle.

—¿Dónde está todo el mundo? —preguntó Peter—. Alguien nos tiene que ayudar a…

Peter y yo vimos al hombre al mismo tiempo. Estaba doblando la esquina de la estación de tren. Cuando nos vio se le pusieron los ojos como platos.

Lo reconocí de inmediato… y me quedé sin aliento.

Era el hombre de aspecto malvado con la cicatriz en la frente. El intruso que había visto por la ventana la noche anterior.

—¡Ahí están! —rugió.

Abrió sus brazos como aspas. ¡Y vino corriendo hacia nosotros!

15

—¡Noooo! —grité aterrada.

Peter y yo nos dimos la vuelta y cruzamos la calle corriendo. Nos escabullimos por un callejón estrecho entre una peluquería y una lavandería.

Era un callejón oscuro y frío. Nuestras pisadas resonaban sobre el asfalto.

Salimos del callejón a un pequeño parque.

—¡No se vayan! ¡Vuelvan aquí! —gritó el hombre. Su voz resonaba en las paredes del callejón. Nos estaba pisando los talones.

Cruzamos el césped húmedo del parque y nos escondimos en un seto de coníferas.

Pero nos vio. Y corrió hacia nosotros dando grandes zancadas. Tenía la cara enrojecida y en su mirada había una chispa de locura y desesperación.

Peter miró a su alrededor frenéticamente. No sabíamos a dónde ir.

No había dónde esconderse.

Salí disparada del seto y regresé al callejón. Peter me seguía de cerca. Podía oír su respiración fatigada. Nos estábamos quedando sin aliento.

Al cabo de unos segundos nos vimos de nuevo en Main Street, delante de la estación de tren.

¿Y ahora qué?

Miré la calle de arriba abajo. No había nadie. Nadie que nos pudiera ayudar.

En mi obsesión por encontrar algún peatón que nos socorriera, no vi que un auto negro se acercaba. Se detuvo a nuestro lado y la ventana del conductor empezó a bajar lentamente.

—¡Suban! —gritó alguien desde dentro—. Apúrense.

Entorné la mirada para ver quién podía ser. ¡Era Annie la Loca, que movía los brazos frenéticamente!

Volví a mirar hacia el callejón y vi al horrendo hombre corriendo hacia nosotros con cara de pocos amigos. Él también hacía aspavientos.

—¡Rápido! —gritó Annie—. ¡Vamos! ¡Tenemos que huir de ese loco!

Me detuve un instante. ¿Nos habría dicho Jonathan la verdad? ¿Estaría realmente loca la tal Annie?

Si realmente estaba loca, lo lógico sería no subirnos al auto.

Pero el gigantón de la cicatriz en la frente nos daba pavor.

Abrí la puerta trasera del auto y empujé a Peter hacia adentro. Luego me zambullí de cabeza en el mismo. Annie pisó el acelerador a fondo y el auto salió disparado.

El tipo saltó frente al auto para detenernos.

¡Qué susto!

Annie pegó tal curva que se me salió medio cuerpo por la puerta aún sin cerrar. Peter me agarró de las manos y me haló hacia adentro con todas sus fuerzas.

Annie consiguió esquivar al hombre y salimos disparados por la calle principal.

Me di la vuelta y lo vi agitando el puño con furia e impotencia.

Mientras el auto se alejaba a toda velocidad, me senté y cerré la puerta trasera con todas mis fuerzas. Peter y yo estábamos temblando, no sabíamos qué decir.

—Annie, muchas gracias por ayudarnos —dije al fin. Pero al mirar por la ventana, vi que Annie se dirigía al camino de la colina.

—¿Adónde vas? —pregunté.

—¿Por qué vas a la colina? —preguntó Peter.

—Ya les dije que yo también vivo por aquí —respondió.

Peter y yo nos miramos de reojo. Vi que él tenía la puerta agarrada con fuerza. Estaba tenso. Preocupado.

—¿Nos estás llevando a tu casa? —pregunté.

No respondió.

El auto subía a toda velocidad por la colina, rebotando en los surcos y baches del asfalto. Poco después vimos aparecer al tío Jonathan ante su casa.

—¡Oye! ¿Qué haces? —grité enojada.

Demasiado tarde.

Annie estacionó delante de la puerta principal. Jonathan y Sonia nos esperaban de pie ante la entrada. Jonathan esbozó una sonrisa de satisfacción y abrió la puerta trasera.

—Bueno, bueno —dijo en voz baja—. Miren a quiénes tenemos aquí.

A Peter y a mí no nos quedó más remedio que bajar del auto y plantarnos ante Jonathan.

El corazón me latía con fuerza. Lo miré en silencio. Nos habían tendido una trampa, pero... ¿ahora qué?

Annie bajó del auto y Jonathan le dio una palmadita en el hombro.

—Bien hecho, Annie —dijo—. Ya te dije que nos haría falta alguien en el pueblo. Alguien en quien pudieran confiar en caso de que intentaran huir.

—Ha sido un placer, jefe —respondió Annie con una sonrisa malévola.

—No entiendo nada —alcancé a decir—. ¿Qué...?

—Pronto lo entenderás —contestó Jonathan.

Empujó a Peter mientras Sonia y Annie me agarraban por los brazos.

—¿Adónde nos llevan? —gritó Peter.

—A un lugar que ya conocen —dijo Jonathan—. Esta mañana los vi en mi galería.

Jonathan y las dos mujeres nos empujaron escaleras arriba y luego nos llevaron hasta la estancia privada de nuestro tío. Jonathan abrió la puerta y pasamos a la luminosa sala de los sarcófagos.

Nada más entrar me estremecí por los desesperados lamentos procedentes de las tres filas de momias. Era como escuchar un coro de torturados.

Quise taparme los oídos. ¿Estarían sufriendo? ¿Sentirían dolor?

¿Cómo era posible que aquellos cuerpos de más de dos mil años de edad estuvieran gimiendo en sus sarcófagos?

El miedo me tensó todos los músculos del cuerpo. Vi a Peter a mi lado. Él también estaba aterrado.

—Vengan conmigo —dijo Jonathan como si nada. Nos condujo por el pasillo que formaban los sarcófagos a la sala blanca del fondo—. Vamos, vamos. Tenemos mucho trabajo.

Al oírle decir eso sentí un escalofrío por la espalda.

—¿Trabajo? —grité temblorosa—. ¿Por qué dices eso Jonathan? ¿Qué QUIERES de nosotros?

—Quiero tu pelo —respondió Jonathan.

16

Se dio la vuelta y se me quedó mirando con un destello perverso en los ojos.

—Necesito tu pelo —insistió—. La primera vez que lo vi en la fotografía supe que sería perfecto. Pero esta mañana he tenido la oportunidad de comprobarlo. ¡Es PERFECTO!

El mechón de pelo que me faltaba. ¿Me lo cortó él?

—¡Ah, perfecto! —alcancé a decir.

Sentí un mareo repentino. Las paredes blancas daban vueltas a mi alrededor. Tuve que apoyarme en la camilla metálica para no caerme.

Estaba mareada. Confundida. Aterrada.

¡Jonathan estaba totalmente loco! ¡Había perdido la cabeza! ¿Qué se proponía hacer con mi pelo?

Agarré mi cabello y me lo eché por detrás de los hombros, como si quisiera protegerlo.

—¿A qué te refieres? —grité—. ¿Para qué quieres mi pelo?

—Creo que ha llegado el momento de explicártelo —dijo Jonathan, e hizo un ademán hacia la mesa—. Siéntate, Abby. Se lo explicaré todo a ti y a tu hermano.

—Déjanos volver a casa —gritó Peter—. No puedes encerrarnos aquí.

Annie cerró la puerta de la sala blanca y se recostó contra ella, custodiándola. Sonia estaba a su lado, muy rígida, con las manos en las caderas.

Jonathan agitó la cabeza con una expresión de tristeza en el rostro.

—Te equivocas, Peter. Me temo que voy a tener que encerrarlos aquí... para siempre.

—Es una de tus bromas, ¿verdad? —dijo Peter.

—Mataste a mi gata, Abby —dijo Jonathan mirándome—. La viste deshacerse como un terrón de polvo.

—Lo siento, lo siento, pero es que...

Jonathan alzó la mano reclamando silencio.

—Cleopatra era una gata milenaria —dijo—. Estuvo a mi lado durante más de dos mil años. Y la viste convertirse en polvo. Peter y tú ya han visto demasiado, Abby. Esa es la razón por la que no puedo dejarlos marchar.

Me quedé mirándolo. ¿Tenía sentido lo que decía? ¿Había perdido TOTALMENTE la cabeza?

—No estoy loco —dijo Jonathan.

¿Qué? ¿Me estaba leyendo la mente?

Se sacó su pipa y la golpeó levemente contra la mesa. Me miró fijamente a los ojos.

—Sonia, Annie y yo no somos de este tiempo —dijo—. Procedemos del antiguo Egipto. Hemos descubierto el secreto de la inmortalidad. Hemos aprendido a permanecer con vida para siempre.

—Ah, muy interesante —dijo Peter sarcástica-
mente—. ¿Podemos irnos ya?

Miró a la puerta, pero Annie seguía blo-
queándola.

—Ustedes me han visto aquí con la momia, ¿no es
así, Abby?

Jonathan se me acercó tanto que pude ver las
gotitas de sudor que tenía en la frente.

—Y por lo tanto saben lo que hacemos para permanecer vivos —prosiguió—. Nos mantenemos con
vida comiéndonos las tripas de las momias.

Aquella imagen volvió a aparecer en mi mente.
Volví a ver a Jonathan metiéndose ese órgano
morado y viscoso en la boca. Y se me volvió a
revolver el estómago.

Jonathan abrió la puerta de la pared del fondo.
Hizo un gesto para que lo siguiéramos. Nos llevó a
una habitación estrecha y de paredes blancas. Era
una especie de almacén. Cuando se me adaptó la
vista a su luz intensa, me di cuenta de que los estan-
tes estaban llenos de momias.

Estaban acostadas boca arriba. En dos filas.
Pasamos con Jonathan entre ellas.

Me llevé la mano a la boca. No podía dar crédito a
mis ojos.

Les habían quitado las vendas.

¡Las tripas estaban medio comidas!

—¡No puede ser! —grité—. Es imposible que te
puedas comer sus entrañas. En dos mil años todos

los órganos deberían estar secos. ¡Deberían ser polvo!

Jonathan esbozó una extraña sonrisa.

—¡Hace dos mil años descubrí el secreto para mantener a las momias con vida! —gritó—. Las he mantenido con vida todos estos años para que sus órganos permanezcan frescos.

Mientras tanto, las momias gemían y gritaban de dolor. No podían moverse. Aquellos horripilantes gritos surgían de sus bocas vendadas.

—No se lo diremos a nadie —dijo Peter con la voz atenazada por el miedo—. Lo prometo. Ni una palabra. Por favor... ¡déjanos ir!

—Sí, simplemente iremos a casa. No diremos nada —dije alzando la mano—. Lo juro.

—Creo que aún no me han entendido —dijo Jonathan con serenidad—. Los órganos de las momias nos mantienen con vida. Pero necesitamos un ingrediente especial para que se mantengan frescos. ¿Adivinen cuál es ese ingrediente?

Me llevé las manos al cabello.

—Oh, no —dije aterrada.

—Sí. Lo adivinaste. Necesito una proteína especial que hay en el cabello de ciertas personas. Nos estábamos quedando sin suministros, pero hemos tenido la suerte de encontrarnos con ustedes.

Jonathan me sacó de aquel almacén y me llevó hacia la mesa metálica.

—No sirve cualquier tipo de pelo. Tiene que ser liso y absolutamente negro. Ese es el pelo que con-

tiene la proteína que necesitamos. Tanto tú como tu hermano producen esa sustancia.

—¡No, por favor! —supliqué.

Jonathan tenía una fuerza asombrosa. Me agarró por las axilas y me puso sobre la mesa.

—Ustedes dos van a producir el cabello ideal para nuestra supervivencia —dijo sin alterarse—. Un cabello maravilloso que nos mantendrá a Annie, a Sonia y a mí con vida. Lo siento, Abby, pero voy a tener que encerrarlos aquí durante mucho tiempo… hasta que les salgan canas.

Me tumbó boca arriba y me sujetó los hombros.

Al otro extremo de la habitación pude ver a Sonia con unas tijeras plateadas en la mano. Unas tijeras de hojas alargadas, como de jardinero. Vino hacia mí con las tijeras esbozando una sonrisa siniestra.

Y al otro lado de la habitación, las momias empezaron a proferir su cántico:

—¡PELO! ¡PELO! ¡PELO! ¡PELO!

Eran voces ancestrales que surgían desde lo más hondo del pecho. Era un sonido gutural, como de ranas toro croando en plena noche.

—¡PELO! ¡PELO! ¡PELO! ¡PELO!

Sonia dio uno, dos tijeretazos al aire. Y luego me acercó las tijeras a la cabeza.

17

—¡NOOOOO!

Grité con desesperación. Traté de levantarme de la camilla. Intenté con todas mis fuerzas zafarme de las poderosas manos de Jonathan.

Annie se acercó a la camilla a toda prisa para sujetarme.

—¡Déjenme en paz! ¡No tienen derecho a hacer esto! —grité.

Sonia seguía dando tijeretazos al aire.

—Será mejor que te estés quieta, niña —dijo—. Sería una calamidad que perdieras una oreja. No vas a estar sin cabello para siempre. En unos cuantos meses te habrá crecido otra hermosa cabellera para nosotros.

—¡No! ¡Deténganse! —imploré.

Vi que Sonia abría las tijeras a varios palmos de mi cabeza y que las bajaba lentamente hacia mi cabello.

Y, entonces, Peter entró en acción.

Bajó un hombro y arremetió contra Jonathan. Lo pilló totalmente por sorpresa. Le dio tal golpe que lo dejó sin aliento.

Jonathan gimió y dio varios pasos hacia atrás. Suspiré de alivio al verme liberada de sus manos perversas. Lo vi inclinarse con las manos en las rodillas tratando de recuperar el aliento.

Antes de que lo lograra, me di vuelta hacia un lado de la camilla.

Annie se lanzó hacia mí, pero no pudo alcanzarme. Caí al piso y salí disparada hacia la puerta.

—¡PELO! ¡PELO! ¡PELO! ¡PELO!

Las momias del fondo de la habitación seguían con su tétrico cántico.

Jonathan se incorporó. Tenía la cara enrojecida y una expresión de locura en la mirada. Empezó a hacer aspavientos, exhortando a Annie y a Sonia a que nos atraparan.

Luego se lanzó sobre Peter, pero éste lo esquivó y corrió hacia la puerta.

Las voces de las momias ahora parecían salir de mi propia cabeza.

—¡PELO! ¡PELO! ¡PELO! ¡PELO!

Cuando Peter y yo nos disponíamos a salir de la habitación, la puerta se abrió de golpe.

—¡Ay! —exclamé al tiempo que un hombre me salía al paso.

—¡Tú, otra vez! —gritó Jonathan.

Era el hombre corpulento de aspecto malvado y la cicatriz en la frente. Tenía la cara medio escondida por el cuello de su gabardina. Llevaba las botas llenas de barro.

Respiraba con dificultad y no podía parar de jadear. Sudaba y buscaba algo por la habitación con la mirada llena de rabia.

Jonathan alzó los puños, como si se estuviera preparando para una pelea. Annie y Sonia se echaron atrás con una expresión de espanto en sus rostros.

—¿Cómo has llegado hasta aquí? —rugió Jonathan.

No obtuvo ninguna respuesta.

—¡Largo! ¡Largo de aquí, he dicho! —exclamó nuestro tío.

—No te quedarás con ellos —respondió aquel tipo dando un paso hacia adelante—. Ni hablar.

El hombrón de la gabardina tensó la espalda, preparándose para el combate.

Peter y yo estábamos entre los dos hombres.

—¿Por qué nos persigues? —grité yo—. ¿Quién eres?

Entonces, el hombre me miró fijamente a los ojos.

—Yo soy su tío Jonathan.

18

—¡PELO! ¡PELO! ¡PELO! ¡PELO!

—Yo soy su tío Jonathan —repitió alzando la voz sobre las psicóticas voces de las momias—. Ese tipo es un impostor.

El hombre que había pretendido ser Jonathan retrocedió hacia la mesa metálica.

—Jamás me arrebatarás a estos niños —dijo—. Los necesito.

Me volteé hacia uno y otro varias veces sin saber a qué atenerme. ¿Estaría diciendo la verdad el calvo? ¿Sería realmente nuestro tío?

—No veo por qué no pueden saber la verdad —dijo el primer Jonathan—. Ya que ninguno de ustedes saldrá jamás de esta casa.

Se pasó la mano por su larga cabellera mirando primero al gigantón de la cicatriz, y luego a Peter y a mí.

—Me llamo Tuttan Rha —dijo—. Mis dos amigas y yo nacimos en Egipto hace más de dos mil años.

—Entonces… si no eres nuestro tío —dije con voz temblorosa—, ¿por qué viniste a recogernos a la estación de tren? ¿Cómo sabías que llegaríamos?

Una extraña sonrisa surcó el rostro de Tuttan Rha. Una sonrisa que le estiró la piel e hizo que pareciera una calavera.

—Vi a su tío en el pueblo hace varios días —dijo—. Estaba enseñando a alguien fotos de ustedes dos. Las fotos que le había enviado su abuela Berta. Pude ver sus largas cabelleras negras y no me puse a babear de milagro. Necesitaba su cabello. Lo necesito para sobrevivir.

Sonia asintió con la cabeza. Aún tenía las tijeras en la mano.

—Sí, lo necesitamos —dijo—. Necesitamos ese cabello tan hermoso y tan perfecto.

—Tu tío vive en el pueblo —dijo Tuttan Rha—. El día en que llegaron mandé a Sonia para que lo entretuviera. Fue muy sencillo. Mientras ella distraía a Jonathan, me hice pasar por él y los traje a esta casa en mi coche de caballos.

—Cuando llegué a la estación, ya no estaban —dijo el verdadero Jonathan—. No sabía qué hacer. Solo me había retrasado veinte minutos. Por fortuna, un vecino del pueblo me dijo que alguien los había llevado a la extraña casa de la colina.

Agitó la cabeza con incredulidad.

—En el pueblo no hay policía ni nadie que pudiera ayudarme. Desde entonces he intentado venir a rescatarlos.

—¡PELO! ¡PELO! ¡PELO! ¡PELO!

—¿Por qué no se callan esas malditas momias? —grité.

—Vámonos de aquí —dijo el tío Jonathan. Nos puso la mano en la espalda y nos empezó a empujar a Peter y a mí hacia la puerta.

—Están perdiendo el tiempo —dijo Tuttan Rha—. ¿Acaso no te acuerdas de los murciélagos, Jonathan?

Nuestro verdadero tío se detuvo en el umbral de la puerta.

—Si no recuerdo mal, no saliste muy bien parado de tu primera batalla. ¿Seguro que te quieres enfrentar a ellos otra vez? —dijo el egipcio—. Los tengo adiestrados. Basta una señal mía para que te hagan pedazos.

Vi temblar al pobre tío Jonathan. El miedo se apoderó de su rostro. Y se quedó ahí, en silencio, pensando en algún plan de fuga.

De pronto, tuve una idea.

Una idea descabellada, quizá, pero que podría funcionar.

—¡CORRAN! —grité.

19

Empecé a correr. Jonathan y Peter me seguían a poca distancia. Las momias de la primera sala despertaron y también comenzaron a cantar. Corrimos hasta la puerta por el pasillo que formaban los sarcófagos apilados y salimos en estampida.

—¡Peter! —dije jadeando mientras corríamos por el largo pasillo—. Tu pistola de agua. ¡Tráela!

—¿Eh? —respondió Peter sin entender lo que quería decirle—. ¿Estás bromeando?

—Deshizo a Cleopatra —dije—. El agua la transformó en polvo. Quizá tenga el mismo efecto en Tuttan Rha y las dos mujeres.

Corrimos hacia la habitación de Peter.

—Creo que debemos intentar huir —dijo Jonathan—. Quizá los murciélagos no nos sigan. Quizá...

—Nos harán pedazos. Nos lo dijo Tuttan Rha. No podemos arriesgarnos. —Miré a Peter. Estaba arrojando ropa por todos lados frenéticamente—. ¡Tu pistola de agua! ¿Dónde está?

—¡No lo sé! —gritó—. No sé dónde está. Juraría que la dejé en el suelo.

Me volteé hacia la puerta. Tuttan Rha no tardaría en aparecer.

Peter salió de debajo de la cama.

—¡No está aquí! —dijo—. No la encuentro.

—Da igual —respondí mientras salía de su habitación—. Traeré la mía.

Salí disparada hacia mi cuarto. Jonathan y Peter me seguían a poca distancia. La pistola de agua estaba en mi mesita de noche.

—¡La tengo! —grité.

La agarré con ambas manos y la alcé.

La sentí muy ligera.

La agité.

—¡Está seca!

Le había echado toda el agua a Cleopatra.

Oí pasos en el pasillo. Resonaban con fuerza. Tuttan Rha se detuvo ante la puerta.

Entré en el baño de un salto. Destapé el depósito de agua y puse la pistola en el lavabo. Abrí el grifo con las manos temblorosas. El agua salpicaba por todas partes.

La llené casi hasta arriba. Volví a la habitación con el arma de juguete y se la pasé al tío Jonathan.

—Apunta —dije—. A lo mejor...

No pude terminar la oración. Tuttan Rha irrumpió en la habitación seguido de Annie y Sonia. Corrió hacia nosotros. Las dos mujeres bloquearon la puerta.

—Dense por vencidos, niños —dijo Tuttan Rha—. Jamás saldrán de esta casa. Se quedarán aquí produciendo pelo para mis amigas y para mí.

—Date por vencido tú —sentenció Jonathan. Alzó la pistola de agua y apuntó al pecho de Tuttan Rha.

Aguanté la respiración. Me quedé quieta como una estatua esperando ver el efecto que tendría el chorro de agua en el egipcio.

Pero mi tío no llegó a disparar. Tuttan Rha se lanzó sobre Jonathan y le arrebató la pistola de las manos.

El arma de juguete voló por los aires, golpeó la pared y cayó sobre la alfombra. Traté de recuperarla, pero Annie la Loca llegó antes.

Tuttan Rha agarró a Jonathan por la cintura y lo tumbó al suelo.

Estábamos atrapados.

Me quedé allí. Mirando. Desesperada. ¿Qué podría hacer para ayudar a Jonathan?

Los dos hombres rodaron por el suelo. Luchaban con los puños, los codos, con todo.

Jonathan intentaba defenderse. Aunque era dos veces más grande que el egipcio, Tuttan Rha demostró tener una fuerza formidable.

Sujetó los hombros de Jonathan contra el suelo. Luego le apretó el cuello con el brazo.

Jonathan intentaba liberarse de Tuttan Rha, pero le faltaba fuerza para lograrlo.

El egipcio presionó aun más con el brazo. Lo estaba estrangulando. Jonathan no podía respirar.

Hacía unos ruidos horribles y su rostro se puso morado.

Era un espectáculo espantoso.

"¿Qué puedo hacer para ayudarlo?", pensé.

Sabía que tenía que actuar rápido.

Corrí al baño.

Un sonido débil escapó de la garganta de mi tío. Y luego hubo silencio.

Tuttan Rha quitó el brazo del cuello de Jonathan y se sentó. Una sonrisa de satisfacción surcaba su rostro.

—Has perdido, Jonathan —dijo—. Despídete para siempre de tus sobrinos.

20

Tuttan Rha sonrió triunfante. Tenía la cara roja y el bigote empapado de sudor.

Jonathan estaba inmóvil en el suelo. Tenía los ojos cerrados y sus brazos yacían inmóviles a ambos lados de su poderoso cuerpo.

¿Estaría respirando? Era imposible saberlo.

Miré a Peter. Estaba apoyado contra la pared con las manos hundidas en los bolsillos. Sus ojos, abiertos como platos, destilaban una expresión de terror.

Salí rápidamente del baño con la mirada clavada en Tuttan Rha, quien volteó a mirarme.

—¿Dónde te habías metido, Abby? No me digas que tratabas de esconderte de mí en el baño. ¿O es que acaso sentiste miedo al ver cómo derrotaba a tu tío?

No dije nada.

Me limité a escupir lo que llevaba en la boca. Me la había llenado de agua en el lavabo. Y en ese instante ejecuté uno de mis magistrales escupitajos de campeonato.

Lancé un chorro perfecto que conectó directamente en la cara del egipcio milenario.

El chorro le empapó las mejillas, la nariz y el bigote, y le corrió hasta el cuello por la barbilla.

Abrió la boca y emitió un gemido.

Se le empezaron a salir los ojos de sus órbitas.

Gritó con fuerza, pero su alarido se vio eclipsado por un extraño sonido como de aceite hirviendo.

La cara de Tuttan Rha empezó a echar humo. Su pelo se convirtió en cenizas. La piel de la cara se le cayó a jirones, revelando los huesos grises de su calavera.

Las orejas se le desprendieron de la cara y cayeron silenciosamente al suelo.

—Oh, no —dijo, y esos fueron los últimos gemidos que proferiría en su larga vida.

Su cráneo se convirtió en polvo. Y luego el resto de su cuerpo se hizo pedazos, desmoronándose dentro de la ropa.

En tan solo unos segundos tuve ante mis ojos un montón de ropa cubierta de cenizas grisáceas.

Dos ojos salieron rodando hasta la alfombra desde el cuello de la chaqueta y se me quedaron mirando desde el suelo. Y entonces se desintegraron.

—¡Abby, eres increíble! —exclamó Peter—. ¡Lo lograste!

Pero yo sabía que era demasiado pronto para cantar victoria. Me di media vuelta para ver qué harían Sonia y Annie la Loca.

¿Me tocaría ahora enfrentarme a ellas?

Para mi sorpresa, sus vestidos yacían entre cenizas en el suelo de la habitación. Las dos mujeres

también se habían desintegrado. Sus cenizas parecían formar pequeñas pirámides sobre la ropa.

—Supongo que debían estar conectados de alguna manera —dije—. Compartían una fuerza vital o algo por el estilo.

—Seguramente —murmuró una voz desde el suelo.

¿Tuttan Rha? ¿Habría regresado a la vida?

Me volteé hacia aquella voz y vi al tío Jonathan tratando de levantarse.

—Creo que estoy vivo —dijo con la voz ronca.

Miró los tres montones de prendas arrugadas, las cenizas, y me miró como diciendo: ¿Qué ha pasado, Abby?.

—Han desaparecido —dije—. Por favor, larguémonos de esta casa.

Entre Peter y yo ayudamos a Jonathan a levantarse. Pasamos de puntillas entre los montones de ceniza y salimos al pasillo.

—¿Por dónde vamos? —preguntó Jonathan mirando a uno y otro lado—. Vamos a tener que bajar la colina. Tengo el auto estacionado abajo y...

—¡Un momento! —exclamé—. Hay otra cosa. Nos estamos olvidando de las momias.

Me di la vuelta y troté hacia la estancia privada de Tuttan Rha. Peter y Jonathan me siguieron.

—Ha mantenido a todas estas momias con vida durante miles de años —dije—. Y todo este tiempo han sufrido terriblemente. ¿Qué podemos hacer ahora con ellas?

83

Abrí la puerta e irrumpí en la enorme sala de las momias. La pálida luz del atardecer se proyectaba sobre los sarcófagos desde los alargados ventanales.

Me quedé callada tratando de oír los lamentos. Nada.

Un profundo silencio dominaba la sala.

Me volví hacia Peter y Jonathan.

—Supongo que las momias también estaban conectadas a la fuerza vital de Tuttan Rha —dije—. Parece que después de dos mil años finalmente podrán descansar en paz.

No pude resistir. Me acerqué a uno de los sarcófagos, me asomé desde un costado y me incliné hacia la momia. Tenía los brazos cruzados. Las telas que la cubrían estaban desgarradas y desteñidas.

Me incliné aun más para observar de cerca los rasgos que se adivinaban tras los vendajes de su rostro.

Y, entonces, la momia alzó las manos, me agarró de los brazos... ¡y tiró de mi cuerpo hacia su torso embalsamado!

21

Me llevé tal susto y fue tal el terror que sentí que no pude ni gritar.

Los brazos resecos y huesudos me apretaban la cintura. Y pude oler el moho mugriento acumulado durante dos milenios. Un olor tan fuerte que apenas me dejaba respirar.

Intenté liberarme, pero la momia se aferró con fuerza a mis muñecas y se incorporó. Alzó la cabeza y me susurró al oído con una voz áspera: "Gracias… gracias".

En ese instante sentí que la fuerza le abandonaba el cuerpo. Volvió a caer en su sarcófago con un último suspiro. Y dejó caer los brazos.

Me temblaba el cuerpo entero y me picaba por el contacto con la momia. Sofocada por el fétido olor, me agarré de ambos lados del sarcófago e intenté salir de su interior.

Peter y Jonathan me agarraron de los brazos y me ayudaron a salir.

—¿Estás bien? —preguntó Jonathan.

—Nos ha dado las gracias —dije—. Quería darme las gracias por haberla dejado morir.

—¿Podemos ir a casa ahora? —preguntó Peter—. ¡Quiero ir a un sitio ABURRIDO!

Al día siguiente, en la estación de tren de Cranford, Jonathan se disculpó un millón de veces.

—No saben cómo lamento no haber estado presente cuando llegaron —dijo—. Siento muchísimo que hayan tenido que pasar por una experiencia tan horrible.

—Lo malo es que no se la podré contar a mis amigos —dijo Peter—. ¿Quién me creerá?

—Digamos que hemos tenido una aventura inolvidable —dije yo.

—Sí, inolvidable —dijo Peter con un gesto de impaciencia—. Siempre hay que ver el lado positivo de las cosas.

Jonathan nos ayudó a subir nuestras maletas al vagón del tren.

—Al menos han salido de ésta sanos y salvos —dijo y nos abrazó cariñosamente—. Denle un fuerte abrazo a Berta de mi parte y díganle que espero que se encuentre mejor.

—Yo también —dije suavemente.

El tren empezó a avanzar. Jonathan salió corriendo por el pasillo y se bajó del tren en marcha. Se despidió con la mano desde el andén.

Peter y yo tomamos asiento. Nos esperaba un largo viaje hasta Boston. Pero iba a ser el regreso más feliz de nuestras vidas.

Dejamos nuestras maletas en el recibidor y corrimos a la sala.

—¡Abuela Berta! ¡Abuela Berta!

—¡Suban! —gritó desde el piso de arriba con voz débil.

La encontramos en la cama con la manta hasta la barbilla.

—Han vuelto —susurró.

Se incorporó haciendo un gran esfuerzo.

Traté de ocultar el impacto que me causó verla así. La encontré muy cansada, frágil, endeble. La vida se había evaporado de su mirada. Tenía los brazos delgados como palillos. Y estaba muy pálida.

Me apretó la mano. Peter y yo la abrazamos y la besamos, y eso pareció agotarla. Volvió a tumbarse.

—¿Por qué me miran así? —dijo con una leve sonrisa—. Bueno, creo que ya no tiene sentido ocultarles la verdad. El caso es que no estoy bien. Nada bien.

—Nosotros te cuidaremos —dijo Peter—. Te cuidaremos para que te pongas mejor.

La ayudé a incorporarse de nuevo.

—No te preocupes, abuela Berta —dije—. Te hemos traído algo que te va a sentar muy bien.

Peter la tomó de una mano y yo de la otra. La ayudamos a salir al pasillo.

—¿Adónde me llevan? —preguntó la abuela Berta.

—Ya lo verás —dije—. Ven, siéntate aquí.

—No sé a qué viene tanto misterio —dijo ella.

—No hagas preguntas —dije.

Nos sentamos ante la mesa de la cocina. Saqué de mi maleta un paquete que había traído del pueblo.

Lo llevé a la mesa y empecé a desenvolverlo.

—¿Qué es eso? —preguntó la abuela Berta olisqueando a su alrededor—. Por Dios, ¡qué olor más fuerte!

Extendí el papel y se lo puse delante.

Se quedó mirándolo, parpadeando.

—¿Qué es eso, Abby? ¿Es hígado? —dijo con una mueca de asco—. No me gusta como huele.

—Tú, olvídate del olor —dije. Lo tomé con la mano y se lo di—. Dale una mordida. ¡Te aseguro que te va a sentar de maravilla!

—¿Pero qué es? —insistió.

—Te lo diré después de que te comas un trozo —dije, y le metí un pedazo en la boca—. ¡Te prometo que después de esto vas a estar con nosotros durante mucho, mucho tiempo!

BIENVENIDO A HORRORLANDIA

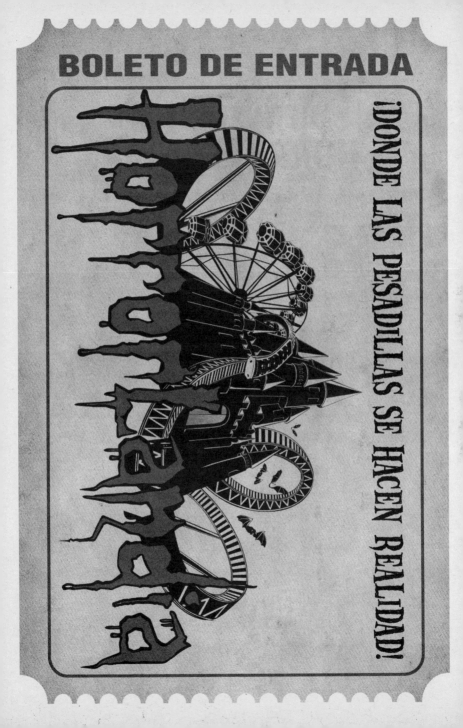

LA HISTORIA HASTA AQUÍ...

Varios chicos han recibido unas misteriosas invitaciones a HorrorLandia, un conocido parque temático de terror y diversión. A cada Invitado Súper Especial se le garantiza una semana de terroríficas diversiones... pero los sustos empiezan a ser DEMASIADO reales.

Dos chicas, Britney Crosby y Molly Molloy, han desaparecido. Billy Deep no sabe qué hacer después de que su hermana Sheena se vuelve invisible, para poco después esfumarse misteriosamente durante varias horas.

Un horror (guía) del parque llamado Byron les dice a los chicos que están en peligro. Trata de ayudarlos... ¡pero acaba siendo secuestrado por otros dos horrores!

¿Por qué están en peligro? ¿Dónde están las tres chicas desaparecidas? Quizá Byron les dé la respuesta. Si consiguen dar con él.

Abby Martin llega a HorrorLandia unos días después que los demás. Lo único que desea es divertirse y olvidar de una vez por todas su terrible experiencia con las momias. No tiene ni la menor idea de los terribles peligros que le esperan.

Abby continúa el relato...

1

Cuando la abuela Berta me enseñó la invitación, no lo podía creer.

—¿Qué? ¿Peter y yo invitados a HorrorLandia? ¿Gratis? —exclamé—. ¿Estás segura de que la invitación es para nosotros?

—Viene con tu nombre, Abby —dijo mi abuela—. Seguramente ganaste un concurso o algo así.

Ya habían pasado cuatro meses desde nuestra aventura en Cranford. La abuela Berta tenía un aspecto estupendo, pero Peter y yo seguíamos un poco trastornados.

—Yo no voy —dijo Peter con los brazos cruzados—. Ni hablar.

—¿Por qué no? Se supone que es el parque de atracciones más terrorífico del mundo.

—No tengo ganas —dijo Peter—. Prefiero quedarme a jugar con mis amigos.

Yo sabía perfectamente cuál era el problema. Tenía miedo. Desde que abandonamos la terrorífica casa de Tuttan Rha, a Peter empezaron a asustarlo muchas cosas. Ni siquiera quería enfrentarse a mí con su pistola de agua.

Yo seguía oyendo en sueños los lamentos de las momias. A veces me despertaba sobresaltada por aquellas voces ancestrales que repetían: "¡Pelo! ¡Pelo! ¡Pelo!".

Pero decidí que una semana en HorrorLandia sería la mejor manera de superar aquel recuerdo.

Hice todo lo que pude para convencer a Peter de que viniera conmigo, pero cuando se pone testarudo no hay quien lo haga cambiar de opinión. Así que acabé yendo yo sola.

¿Y me sirvió el viaje para dejar atrás mis pesadillas?

Tienes tres oportunidades para contestar. Y las primeras dos no cuentan.

La primera noche que pasé en el Hotel Inestable tuve una pesadilla horrenda. Soñé que estaba en mi habitación, en casa de Tuttan Rha.

Estaba tumbada en aquella cama, con su dosel y sus cortinas moradas. Los aleteos de los murciélagos se escuchaban a través de la ventana.

Me desperté y, al incorporarme, vi un sarcófago al pie de la cama.

El sarcófago estaba decorado con extraños relieves de gatos y aves. Y tallada, sobre la tapa, había una máscara funeraria de faraón.

Me quedé mirando la tapa hasta que ésta empezó a abrirse, produciendo un sonido áspero.

Me tapé los oídos para no oírlo.

Sabía que se trataba de un sueño y traté de despertar. Intenté huir del sueño y de aquella espantosa habitación.

Pero la cama era como una trampa blanda que me retenía.

Me quedé mirando hasta que la tapa se abrió del todo. Vi asomar unos brazos vendados. Las vendas estaban descoloridas y rasgadas.

La momia se desperezaba abriendo y cerrando sus huesudos dedos.

El sonido que producía me revolvía el estómago.

Cerré los ojos.

"Abby, despierta —me decía a mí misma en el sueño—. Despierta, ¡por favor!"

Abrí los ojos con la esperanza de encontrarme en mi habitación en la casa de la abuela Berta. Pero no. Oí el crujido de los huesos mientras la momia se levantaba de su caja lanzando un largo y lastimero gemido.

Conseguí bajarme de la cama con el camisón enredado en la cintura. Traté de correr hacia la puerta. Tenía que escapar.

Pero me movía en cámara lenta.

Era como si pesara quinientas libras. Me movía lentamente, y no parecía que avanzara.

La momia se acercaba a mí lentamente con los brazos extendidos para abrazarme.

El sueño era tan real que hasta podía oler a la momia. Tenía un tufo dulzón, como de manzanas podridas.

Daba un gruñido a cada paso que daba. Me había arrinconado.

No podía escapar. ¡No podía despertar!

Extendió su brazo huesudo y harapiento. Lo extendió hacia mí hasta que sentí el roce de su mano áspera en la garganta.

¡Dios mío, qué asco!

Me frotó los dedos en la mejilla y se me puso la piel de gallina.

"Solo es un sueño", me dije a mí misma. Y sin embargo, podía sentir la mano de la momia en mi cara. Era tan real.

Me desperté gritando.

Estaba acostada boca arriba. Me temblaba todo el cuerpo y tenía la boca reseca. Traté de controlar la respiración.

¿Por qué sentía aún el roce de la momia en mi piel?

Tardé un buen rato en darme cuenta de que el viento había estado empujando la cortina contra mi cara.

Me incorporé y aparté la cortina de un manotazo. Empecé a sentirme un poco mejor.

"Solo era la cortina —me dije—. Serénate, Abby. Has tenido una pesadilla y la cortina te estaba tocando".

No pasa nada. ¿A que no?

Pisé el suelo aterrada aún por mi pesadilla.

Y al bajar la mirada vi algo.

¿Huellas en la alfombra? Sí. Huellas de lodo que iban desde la puerta hasta mi cama.

¿Y qué era aquello que había en el suelo? Me agaché, lo recogí y me lo acerqué a la cara para verlo mejor en la penumbra de la habitación.

Un jirón de gasa amarillenta.

Sentí un escalofrío.

Alguien había estado en mi habitación. Alguien me había gastado una broma pesada.

¿Sabía alguien de mis pesadillas con momias?

Me quedé mirando las huellas enlodadas.

¿Quién querría meterme tanto miedo? ¿Era este el tipo de bromas que se gastaban en HorrorLandia?

Me levanté y me estiré el camisón. Respiré hondo.

Oí fuertes pisadas en el pasillo.

Y luego alguien llamó a mi puerta.

La momia había vuelto.

"Déjate de tonterías —me dije a mí misma—. Ya es suficiente".

Me acerqué a la puerta.

—¿Quién es? —dije.

—Me estoy quedando en la habitación de al lado —respondió la voz de un chico—. ¿Estás bien? Te he oído gritar.

¿Me había oído? Imposible.

Abrí la puerta, y me quedé mirando a un chico de mi edad. Era corpulento y muy alto, me sacaba una cabeza. Era moreno, de pelo corto y grandes ojos pardos. Los rasgos de su cara se parecían un poco a los de un bulldog.

Estaba descalzo y llevaba una camiseta larga por fuera de los pantalones del pijama.

—Tus gritos me han despertado —dijo—. Pensé que...

—No me pasa nada —respondí—. Creo que he tenido una pesadilla, eso es todo.

Me dijo que se llamaba Michael Munroe y que él también era un Invitado Súper Especial.

Nos quedamos conversando un poco en el umbral de la puerta. Dijo que se alegraba de estar lejos de

casa y de haber venido a HorrorLandia. Me contó que el curso escolar anterior había sido muy extraño para él.

—Yo también he tenido un año raro —dije. Sentí una necesidad repentina de contarle mis experiencias con las momias, pero de pronto preferí no hacerlo.

Sabía que no me creería, que me tomaría por loca.

Pasó a mi habitación y se sentó en un pequeño sofá que había junto a la ventana.

—¿Cómo te llaman tus amigos, Mike o Michael? —pregunté.

—Pues… ninguno de los dos. Los chicos de mi barrio me llaman Monstruo.

Eso me hizo reír.

—¿Y te llaman Monstruo porque…?

—Supongo que me llaman así porque soy un tipo grande. Y a veces no me puedo controlar. O sea, me enfado.

Se sonrojó.

—Antes me gustaba que me llamaran así —dijo—. Hasta que… tuve que enfrentarme a monstruos reales. Desde entonces odio ese nombre.

¿Monstruos reales? ¿Estaría bromeando?

"A lo mejor los dos hemos tenido un año igual de espantoso", pensé.

El caso es que ese chico me gustó. Tenía algo atractivo y su conversación era agradable.

—¿Te gusta el deporte? —pregunté—. ¿Lucha libre o fútbol americano?

—No mucho, la verdad —dijo encogiendo los hombros—. Estoy en el equipo de fútbol americano, pero lo que me gusta son las computadoras y cosas por el estilo.

Se pasó la mano por la cabeza.

—¿Sabes qué pasa con este hotel? —preguntó—. Mi teléfono celular no funciona. Y no hay conexión de Internet. ¡Me siento como un preso!

—Yo llegué ayer —dije—. Aún no he intentado llamar a nadie.

Pensé en la abuela Berta. Si no la llamaba hoy mismo, se preocuparía.

—No sé si estoy un poco paranoico —dijo Michael—, o si realmente quieren aislarnos del mundo exterior.

—Estás un poco paranoico —dije.

Nos reímos. Conversamos durante otra hora. Sentía que acababa de hacer un nuevo amigo.

Quedamos en ir a dar un paseo por el parque después del desayuno. Aún no habían dado las diez y la gente ya empezaba a abarrotar el parque.

—¡Qué día más bonito! —exclamé cuando salimos del hotel. Empezaba a sentirme bien. Había olvidado por completo la pesadilla de la noche anterior.

El sol seguía ascendiendo por el cielo azul y diáfano. El aire era cálido y fresco y los niños corrían por delante de sus padres, ansiosos de verlo todo.

Una larga fila de personas hacía cola ante un puesto en el centro de la Plaza de los Zombis. El puesto se llamaba PASTELES PESTILENTES, y

el encargado era un horror que vendía pasteles en forma de cucaracha.

—¿Quieres que le ponga un poco de chimichurri de comezón? —le preguntó a un niño—. Lo preparamos con ortigas silvestres—. Vi cómo ponía el chimichurri, que tenía unas cositas negras flotando.

¡Delicioso!

—¿Has conocido a algún otro Invitado Súper Especial? —preguntó Michael.

—Aún no —respondí.

—Me pregunto si somos los únicos en todo el parque —dijo, y de pronto algo le llamó la atención—. Oye, mira, eso de ahí tiene buena pinta. ¡Vamos a montar!

Salí tras él. Daba zancadas tan largas que me costaba seguirlo.

Algo me llamó la atención a un lado de la plaza y me detuve. ¡No! Me quedé paralizada. Atenazada por los nervios.

TRIPAS DE MOMIA.

Así era como se llamaba la atracción: TRIPAS DE MOMIA. El letrero estaba escrito en grandes letras que tenían adornos egipcios.

Me quedé boquiabierta, mirándolo con incredulidad.

Los niños se acercaban a la momia gigante. Debía de medir ocho pies, por lo menos. Estaba parada con las piernas abiertas y los brazos cruzados sobre el pecho. La brisa de la mañana agitaba sus gasas.

Una vez frente a ella, los niños metían sus manos en el estómago de la momia y sacaban regalos.

Me temblaba todo el cuerpo.

"¿Cómo puede ser?"

Supongo que Michael se dio cuenta de lo asustada que estaba.

—Abby, ¿estás bien? —preguntó—. ¿Qué te pasa?

Agité la cabeza como tratando de borrar lo que veían mis ojos.

—Nada —alcancé a decir—. Es difícil de explicar.

"Primero las huellas de momia y la gasa en el piso de mi habitación... y ahora esta atracción. No puede ser una mera coincidencia", pensé.

Michael me agarró de la mano y me llevó hacia la momia gigante. Traté de resistirme, pero era demasiado fuerte.

—Tampoco da tanto miedo, ¿no? —preguntó—. Abby, estás temblando.

—Me dio un escalofrío —dije, haciendo un esfuerzo por no mirar hacia el enorme agujero que tenía la momia en su vientre.

Michael cerró la mano, metió el puño por la abertura de la momia y volteó a verme.

—¿Has visto? —dijo—. No pasa nada.

Pero la expresión de su rostro cambió de repente.

—¡Ay! —gritó, y me miró con los ojos saltones y la boca abierta—. ¡Mi mano!

Michael tiró con fuerza y dejó escapar un alarido de pánico y dolor.

3

Di un grito y retrocedí instintivamente.

Una sonrisa surcó el rostro de Michael, que sacó la mano del vientre de la momia.

—Estaba bromeando —dijo, y soltó una gran carcajada.

Sonreí forzadamente.

"¿Qué hace esta cosa aquí?", pensé.

No tenía sentido que la hubieran puesto en el centro de la plaza para asustarme a mí. ¿O sí?

Dejamos la momia atrás.

—Todo esto parece el antiguo Egipto —dijo Michael mirando alrededor.

Vi una pirámide amarillenta sobre un zona arenosa. Había un viejo templo custodiado por una gigantesca esfinge.

Agarré a Michael del brazo y traté de llevarlo en la dirección opuesta.

—Larguémonos de aquí —dije empujándolo—. Quiero ver el Zoológico del Hombre Lobo y...

—No, espera —dijo y se me escurrió de las manos—. ¡Mira eso! Una montaña rusa egipcia, ¡y los vagones son sarcófagos! ¡Qué bien!

Salió corriendo hacia allí. A mí lo único que me apetecía era desaparecer. Ya había visto suficientes momias para el resto de mis días.

¿Pero qué iba a hacer? Lo seguí.

La atracción se llamaba El Nilo en Vilo.

Llegaban chicos corriendo por todas partes para subirse a la montaña rusa. Había que ir acostado en un sarcófago. Un chico en cada uno.

Luego los sarcófagos salían muy despacito hacia lo alto de la montaña. Arriba… arriba… arriba… Al llegar a la cima, los sarcófagos giraban en torno a una pirámide amarilla y salían disparados cuesta abajo, y luego volvían a subir tomando vertiginosas curvas a mayor velocidad.

Los niños gritaban y reían enloquecidos. Lo estaban pasando en grande.

—¿Nos atrevemos? —dijo Michael dando saltitos como un niño pequeño.

—Pues no —dije yo.

Me tapé los oídos para no oír los gritos de los niños que pasaban disparados sobre nosotros. Y al hacerlo recordé los lamentos y gritos de dolor de las momias reales de Tuttan Rha.

Bajé las manos. Michael tiraba de mí hacia la entrada. Antes de que pudiera evitarlo, me vi frente a uno de los sarcófagos de la atracción.

Respiré hondo y me metí en su interior. Me acomodé lo mejor que pude y me agarré de las asas de seguridad que había a los lados.

La enorme pirámide amarilla proyectaba su alargada sombra sobre mí. Oía los gritos y las risas nerviosas de los niños.

—Puedo hacer esto —me dije a mí misma en voz alta—. Puedo hacerlo y lo haré. No voy a pasarme el resto de mi vida asustada.

Mi sarcófago dio una sacudida y empezó a moverse. Empecé mi lento ascenso. Las vibraciones del mecanismo me recorrían la espalda.

Tenía los pies hacia arriba y la cabeza hacia abajo. Sentí un leve mareo.

Cuando el sarcófago empezó a tomar velocidad, me agarré de las asas con fuerza. Me imaginaba a Michael en el sarcófago de atrás, seguramente pasándola muy bien.

Y entonces oí una voz:

—Abby, ¿cómo vas?

Quise responder, pero el sarcófago dio tal giro que me cortó la respiración.

Salí disparada hacia abajo... ¡de cabeza! La fuerza del viento me agitaba el pelo en todas direcciones. El vendaval era tan fuerte que apenas podía respirar.

Y entonces, el sarcófago se detuvo de golpe y empezó a subir de nuevo hasta dar un giro súbito. Esta vez iba con los pies por delante y la cabeza hacia atrás. Volví a agarrarme de las asas.

Y subimos. Arriba... más arriba...

Sentía el calor del sol en la cara. El cielo estaba tan cerca que casi podía tocarlo.

Más arriba...

Y entonces di un grito al notar que el sarcófago se inclinaba hacia un lado.

"¿Será esto parte de la atracción?"

¡El sarcófago estaba girando!

¡Se estaba poniendo boca abajo!

—¡Noooo! —grité aterrorizada.

Dio media vuelta. Estaba a punto de voltearse por completo y dejarme caer al vacío.

¡El cinturón de seguridad!

¿Había olvidado ponérmelo?

Tenía que haber un cinturón de seguridad.

Solté un asa y empecé a hurgar frenéticamente por debajo de mi trasero. Solo toqué la dura carcasa del sarcófago.

"¿No hay cinturón de seguridad?"

No había nada que me sujetara. ¡Nada!

El sarcófago volvió a crujir y dio media vuelta.

Vi el suelo a millas de distancia.

Me quedé boca abajo durante un segundo, quizá dos.

De pronto, las manos se me soltaron de las asas... y empecé a caer.

Entonces, oí un cierre metálico. *Clac*.

Y sentí algo que se me cerraba alrededor del pecho y la cintura.

¡Barras de seguridad! Unas barras de acero me envolvieron el cuerpo y evitaron que me precipitara a una muerte segura.

Estaba tan asustada que no pude ni gritar. Ni siquiera podía respirar.

Oí a los niños gritando a mi alrededor. ¡Ellos también se acababan de llevar el susto de sus vidas!

Mi sarcófago se enderezó lentamente. Suspiré. Me había agarrado de las barras con tanta fuerza que las manos me dolían.

El sarcófago se deslizó lentamente hacia el suelo. Dos trabajadores del parque, a los que llaman horrores, aparecieron con sus uniformes de color verde y morado. Me ayudaron a incorporarme y me sacaron del sarcófago.

—¿Qué tal? —preguntó uno de los horrores—. ¿Quieres montarte otra vez?

—No creo —respondí.

Me miraron defraudados. Yo me alejé dando tumbos. Me temblaban las piernas y el corazón seguía latiéndome con fuerza.

Unos segundos después apareció Michael con una sonrisa de oreja a oreja.

—¡Qué bien! —gritó—. Creí que me iba a caer al vacío. ¿Montamos otra vez?

—Lo dices en broma, ¿verdad?

—¿Desde cuándo eres tan miedosa? —dijo riéndose—. Creo que no hay nada que me asuste, ¿sabes? A lo mejor me llaman Monstruo por eso.

—Pues, ¿sabes qué, Monstruo? —respondí—. Lo único que quiero hacer ahora es volver al Hotel Inestable y reposar un poco. Quizá coma algo.

—De acuerdo —dijo Michael—. Así podré probar mi computadora. Tiene que haber alguna manera de conectarse a Internet.

Emprendimos el camino hacia el hotel. El parque estaba abarrotado de gente y hacía muchísimo calor. Me di cuenta de que estaba empapada en sudor.

Busqué con la mirada algún puesto de refrescos. Pasamos ante un carrito morado y verde con filetes de carne apilados en el mostrador. El carrito tenía un letrero que decía: CERDO CONGELADO CON SABOR A CHOCOLATE, FRESA Y VAINILLA.

¡Qué asco!

No había cola para semejante delicia.

Dos hombres de negocios decapitados pasaron a nuestro lado. Cada uno llevaba su cabeza en la mano, como si fuera una sandía.

Las cabezas dijeron: "Relájate y disfruta".

Michael y yo soltamos una carcajada y seguimos nuestro camino. De pronto nos salió al paso un horror. Extendió sus largos brazos para que nos detuviéramos.

Sus cuernecillos amarillos formaban un bucle en su pelo ensortijado y verdoso. Tenía el ceño fruncido, las cejas pobladas y los ojos muy azules, y nos miraba con un gesto de profunda preocupación.

Todo su cuerpo parecía estar cubierto de una tupida capa de pelo morado. ¿Sería un disfraz? Tenía que serlo. Los horrores no eran reales. Pero entonces, ¿por qué su máscara no tenía orificios para los ojos? ¿Y por qué no había ni un solo pliegue en su pelambre?

—¿Quiénes son ustedes? —preguntó un poco tenso. Sus ojos miraban en todas direcciones, como si quisiera asegurarse de que nadie nos observara.

Me fijé en la chapa de identificación que tenía en sus pantalones. Llevaba grabado un nombre: BYRON.

Al inclinarse hacia mí, proyectó su sombra sobre nosotros.

—¿Eres Abby Martin? —preguntó—. Y tú, ¿Michael Munroe?

—Sí —respondí—. ¿Pasa algo?

De pronto me vino a la cabeza la abuela Berta. ¿Habría enfermado de nuevo? ¿Vendría con algún recado de su parte?

—Ya lo creo que pasa algo —respondió Byron.

Volvió a mirar a su alrededor. El tipo estaba muy, pero que muy nervioso.

—Alguien quiere que les entregue esto —dijo, poniéndome algo en la mano.

—¿Cómo dices? —pregunté confundida—. ¿Qué es?

En un instante, Byron se había dado medio vuelta y había desaparecido entre la multitud.

—¿Y ahora qué? —dijo Michael con gesto de preocupación—. ¿Qué es? ¿Qué te ha dado?

Me quedé mirando el papel doblado que tenía en la mano.

—Pues vaya —dije—. Parece un simple folleto. Hace un rato vi a otros horrores pasando invitaciones para el espectáculo de magia del Teatro Encantado.

—¡Ah, bueno! —murmuró Michael—. Tenía pinta de ser algo grave.

—Es buen actor, eso es todo —dije.

Desenvolví el papel doblado. Me había equivocado. No era un folleto del Teatro Encantado. Era una nota escrita a mano con un rotulador rojo, y decía:

ESCAPEN DE HORRORLANDIA.

CORREN PELIGRO.

Michael soltó otra de sus carcajadas.

—Seguro que ese horror se pasa el día repartiendo notas de estas por ahí.

Me quedé mirando las gruesas letras de la nota. Gruesas y rojas como la sangre.

—No creo —dije—. Michael, no estaba pasando estas notas al azar. Sabía nuestros nombres.

Michael me miró con impaciencia.

—Abby, ¿no te das cuenta de que es otra broma? Como la de la montaña rusa. Pensamos que íbamos a caer al vacío... ¡pero no caímos! Lo único que quieren es asustarnos porque para eso estamos en HorrorLandia.

—No estoy segura —dije. Y entonces vi a Byron al otro lado de la plaza.

Agarré a Michael de la manga y apunté con el dedo.

—Ahí está, vamos a preguntarle de dónde sacó la nota.

Empuñé el papel en mi mano derecha y salimos corriendo hacia él. Casi nos estrellamos contra dos señoras que empujaban coches de niños. Luego nos vimos rodeados de un grupo de adolescentes que iban a la sala de videojuegos.

Llegamos jadeando hasta donde estaba Byron.

El gigantesco horror estaba de espaldas a nosotros. Ajustaba los tirantes de sus pantalones mientras daba direcciones a una familia.

—¡Byron! —exclamé.

Se dio media vuelta y... ¡Michael y yo nos quedamos sin aliento!

5

Bajo sus cuernos asomaba un pelo tieso y amarillento, y nos miró con sus extraños ojos, uno marrón y otro verde.

No era Byron.

Me quedé mirando el nombre grabado en su chapa: CODY.

—Ah, perdón —susurré.

—Lo hemos confundido con otra persona —dijo Michael.

—Suele pasarme —dijo Cody—. La próxima vez me reconocerás por los hoyitos de mis mejillas. Nadie tiene hoyitos como los míos. Me los hice con un taladro.

Soltó una carcajada.

Lo miré detenidamente pero no vi ningunos hoyitos. Supongo que sería su broma habitual.

Miró el papel que yo llevaba en la mano con mucha atención.

—¿Qué es eso? —preguntó, pero sin esperar la respuesta me lo arrebató y lo leyó.

Vi cómo le cambiaba la expresión de la cara. Mientras releía la nota, su sonrisa desapareció.

Entornó los ojos y la miró detenidamente durante un buen rato.

Luego soltó una carcajada.

—¿No se habrán creído esta broma, verdad?

—Pues... —empecé a decir.

—Es una de nuestras mejores bromas —dijo mientras se daba media vuelta—. Ya saben que aquí en HorrorLandia nada es real. Pásenlo bien, chicos. Y no se asusten demasiado. Ja, ja.

—¿Puede devolvernos el papel? —preguntó Michael.

Cody se volteó nuevamente y se encogió de hombros.

—Creo que me lo voy a quedar. Ya sabes. Para asustar a otro idiota —dijo y volvió a reírse—. Los horrores nos pasamos el día repartiendo papelitos como éste. Es parte de nuestro trabajo. Ya saben, hay que mantener a la gente aterrada.

Y se marchó sin más.

—Pues ahora sí que estoy preocupada —dije.

—Te lo dije —respondió Michael—. Te dije que todo es parte de una broma.

—Tú sí que debes estar bromeando —respondí—. Michael, ese horror estaba mintiendo descaradamente. ¿Es que no has oído su risa?

—Yo le creí, Abby. ¿Qué sentido tiene que recibamos una nota como esa? Acabamos de llegar. ¿Por qué iban a querer echarnos? Nos han invitado.

Naturalmente, yo no tenía respuestas para esas preguntas.

Michael y yo hablamos de la nota hasta que llegamos al Hotel Intestable. Por el camino nos cruzamos con grupos de chicos y montones de familias. Todo el mundo reía y parecía estarlo pasando en grande. Nadie estaba asustado. Y tampoco vi a nadie con notas escritas en letras rojas.

—Hasta luego —le dije a Michael, y tomé el oscuro y tétrico elevador hasta mi habitación.

El elevador estaba helado. Tenían puesta una música lúgubre de órgano y, por si fuera poco, me acompañaba un esqueleto que iba recostado contra la pared con una cartera en la mano.

Al llegar a mi habitación recogí el teléfono celular de mi mesita de noche. Traté de llamar a la abuela Berta.

Silencio.

No había cobertura.

—Qué raro —susurré.

Lo dejé en la cama. Me acerqué al armario y vi algo encima del escritorio.

Una hoja en blanco doblada por la mitad.

Me quedé sin aliento.

Me acerqué corriendo, la recogí y la desdoblé con las manos temblorosas.

¡Otra amenaza!

6

No. Un momento.

Le eché un vistazo rápido a la hoja. En los márgenes había dibujos de murciélagos de ojos rojos.

¿Sabría alguien del miedo que me producían los murciélagos?

No. Era una invitación. Para almorzar. La leí detenidamente.

Vengan a conocer a todos los Invitados Súper Especiales en el Café de los Vampiros.
¡Se aceptan todos los grupos sanguíneos!
Se les dará información en una reunión posterior...
¡Si es que les queda una GOTA de energía!

Había un pequeño mapa cuadrado en la parte inferior de la página. Vi que el Café de los Vampiros estaba en el Vampire State Building.

Me pareció una invitación divertida. Y tenía ganas de conocer a los demás. Más que nada por curiosidad. Me moría de ganas de preguntarles por qué habían sido nombrados Invitados Súper Especiales.

115

Miré mi reloj. Era casi la hora del almuerzo, así que corrí al baño para asearme. Como tenía la melena toda alborotada por el viajecito en la montaña rusa, agarré el cepillo. Pero no había espejo.

"Esto sí que es extraño", pensé.

Volví a la habitación y busqué por todas partes. No había espejo en el tocador. Ni en ninguna de las paredes.

Abrí los armarios. Nada.

¿Una habitación de hotel sin espejo?

Me acerqué a la ventana meneando la cabeza con incredulidad. Me cepillé viendo mi reflejo en el cristal lo mejor que pude y me puse unos shorts y una camiseta limpia.

Tomé la invitación y me dirigí a la puerta.

Al llegar al Café de los Vampiros oí un aleteo de murciélagos.

"Abby, tranquila —me dije a mí misma y respiré hondo—. Los vampiros de aquí no son reales. Nada es real".

Me acerqué a la camarera. El lugar estaba tan oscuro que apenas podía verla. Levantó una vela y me saludó iluminada por la parpadeante luz. Era una mujer muy pálida de labios negros y una raya negra alrededor de los ojos.

Llevaba un vestido negro muy largo y una capa también negra que se arrastraba por el piso al caminar.

—Bienvenida —dijo en voz baja—. Mantenemos el restaurante muy oscuro porque los vampiros no soportan la luz. Y detesto cuando eso sucede.

—Me gusta tu maquillaje —dije.

—No llevo maquillaje —dijo.

El aleteo de los murciélagos se hizo más audible. Era como si se estuvieran cerniendo sobre nuestras cabezas.

Sabía que era un efecto de sonido, pero no pude evitar un escalofrío.

La camarera me llevó hasta una mesa al fondo. Otra camarera estaba llenando los vasos con una gran jarra. Servía un líquido rojo y denso. ¿Sería sangre?

—Lo servimos caliente —dijo—. Alimenta más, ¿no crees?

Antes de que pudiera responder, un chico se levantó y empezó a presentar a todos los invitados de la mesa. No sé si recuerdo bien todos los nombres.

Me senté junto a una chica muy linda de pelo castaño. Se llamaba Carly Beth. El chico que me saludó era alto y fornido. Creo recordar que se llamaba Matt. Junto a él estaban Billy y su hermana Sheena.

Me senté en mi silla. La camarera llenó mi vaso y lo probé. Era jugo de tomate.

Junto a la pared del fondo había un árbol. Falso, supuse. Y de las ramas colgaban docenas y docenas

de murciélagos. Esperaba que también fueran falsos.

Saludé a Michael. Estaba sentado al otro extremo de una mesa muy larga, junto a otro chico. Creo que se llamaba Robby. El chico estaba muy ocupado dibujando un cómic en su mantel de papel, y Michael se reía a carcajadas.

—¿Llevan mucho tiempo aquí? —pregunté—. ¿Lo están pasando bien?

—Bien no creo que sea la palabra —dijo Matt—. Hemos tenido algunos… problemas.

—Le acabo de contar a Matt las cosas que hemos oído por ahí Sabrina y yo —dijo Carly Beth. El restaurante era muy ruidoso, así que se inclinó hacia adelante para que todo el mundo pudiera oírla mejor—. Hemos oído una conversación entre dos horrores —prosiguió Carly Beth—. Uno se llamaba Bubba y el otro no me acuerdo. El caso es que los espiamos sin que se dieran cuenta.

—¿Y qué dijeron? —preguntó Robby dejando su marcador sobre la mesa.

—Estaban hablando de todos nosotros. De los Invitados Súper Especiales —dijo Carly Beth—. Dijeron que lo peor estaba aún por llegar.

—No lo dijeron en broma —dijo la que se llamaba Sabrina—. Era en serio.

Miré alrededor de la mesa. Los chicos se veían muy extraños bajo la inquieta luz de las velas. Pero aun en la penumbra pude comprobar lo preocupados que estaban todos.

—Byron nos dijo que aquí no estaríamos seguros —añadió Matt—. Lo estamos buscando por todas partes. Si damos con él nos podrá decir qué está pasando aquí.

—¡Eh! —dije yo—. ¿Has dicho Byron? Acabo de conocer a un horror llamado Byron.

Todos me miraron y algunos se llevaron la mano a la boca.

—¿De verdad? —dijo Sheena—. ¿Dónde lo has visto?

—¿Cómo estaba? —preguntó su hermano Billy.

—¿Sabes adónde se marchó? —dijo Matt.

—¿Te ha dado algún mensaje para nosotros? ¿Te dijo algo? —añadió otro chico.

—Se nos acercó a Michael y a mí en la Plaza de los Zombis —respondí—. Y entonces...

—Le entregó un mensaje a Abby —interrumpió Michael—. Decía: Escapen de HorrorLandia, corren peligro.

—No sabíamos si era en broma o en serio —dije—. Tratamos de buscarlo para que nos lo explicara, pero desapareció entre la multitud.

Todo el mundo empezó a murmurar.

—Vamos —dijo Matt levantándose de su silla—, si todavía está en el parque tenemos que encontrarlo.

Carly Beth tiró de Matt para que se sentara de vuelta en su silla.

—No podemos irnos sin más —dijo—. Hay una reunión después del almuerzo, ¿o es que no te acuerdas?

—Quizá podamos hacer algunas preguntas —dijo Sabrina—. Quizá nos den algunas respuestas en la reunión.

Todo el mundo empezó a hablar a la misma vez.

Robby golpeó la mesa con la cuchara hasta que todos hicieron silencio.

—Por favor, déjenme contarles algo —dijo—. Yo he visto a las dos chicas desaparecidas en la sala de juegos.

Al oír la noticia todos se quedaron asombrados.

Michael y yo nos miramos desde ambos extremos de la mesa. No entendíamos nada. ¿Chicas desaparecidas? ¿De qué estaban hablando?

—Las vi entrar en la sala de juegos, lo juro —dijo Robby muy nervioso—. Las vi a las dos y hablé con ellas.

—¿Qué dijeron? —preguntó Matt.

—Que ninguno de nosotros está a salvo en HorrorLandia —respondió Robby—. Quisieron llevarme con ellas a otro parque. Dijeron que allí no correría peligro.

—¡Ahí tienen la prueba! —exclamó Matt—. Tenemos que largarnos de aquí.

—¡Un momento! ¡Un momento! —gritó Sabrina—. Cuando Carly Beth y yo encontramos a Robby en la sala de juegos, estaba inconsciente.

—¿Y?

—Robby, es posible que vieras a Britney y a Molly en sueños —dijo Carly Beth.

—Es verdad —dijo Sabrina—. Te encontramos desmayado. ¿Cómo pudiste haberlas visto?

—¡Un momento! —dijo Robby indignado. Se puso de pie y se metió la mano en el bolsillo—. Puedo demostrar que no fue un sueño.

Se sacó una moneda dorada del bolsillo y la mostró.

—Miren —dijo—. Me dieron esta moneda. Aquí dice PARQUE DEL PÁNICO. Debe ser una moneda del otro parque.

La moneda pasó de mano en mano. Todos la miraron con un gesto de preocupación.

Volví a mirar a Michael al otro extremo de la mesa. No teníamos ni idea de qué estaban hablando. ¿Niñas desaparecidas? ¿Otro parque temático?

Tenía un millón de preguntas que hacerles.

Al final me llegó la moneda. La miré de cerca para estudiarla detenidamente. Estaba brillante, como nueva. Tenía grabadas las letras PP en una cara.

Podía verme en la moneda. Miré el reflejo de mis ojos. Luego vi que tenía una parte del cabello despeinado.

De pronto sentí una fuerte atracción, como si la moneda me atrajese hacia ella. Como una aspiradora.

Agarré la moneda con fuerza. Traté de apartarla de mí, pero el influjo era demasiado fuerte... y me deslizaba lentamente... hacia su resplandor...

Me atraía... tiraba de mí... tiraba de mí... hacia su interior.

Me sentí extraña, vulnerable y ligera como una pluma.

7

Una mano me arrebató la moneda.

Estaba mareada, confundida. Al volverme me di cuenta de que me la había quitado la camarera. Se la metió en el bolsillo del delantal.

—Gracias por la propina, chicos —dijo—. Las propinas nos vienen muy bien.

—¡Oye, devuélveme eso! —dijo Robby saltando—. ¡No es tu propina! ¡Esa moneda me pertenece!

—Bueno, bueno, no hace falta que te pongas así —dijo la camarera y le devolvió la moneda.

Robby se la acercó a la cara y la miró a la luz de una vela.

—¡Oye! —gritó—. Esta no es mi moneda. En esta dice HorrorLandia.

Se dio la vuelta para protestar, pero la camarera ya estaba en la cocina.

—¡Me ha engañado! —gritó Robby—. Nos quitó la moneda.

—¡Vamos por ella! —dijo Matt, y se levantó de un brinco.

Pero antes de que nadie más se pudiera levantar de la mesa, se acercaron dos horrores a bloquearnos el camino.

Uno de ellos era muy flaco y tenía la cara verdosa y salpicada de pecas. En su chapa decía Bubba. El otro era el horror de pelo amarillento, Cody.

—Espero que hayan disfrutado de su último almuerzo en la Tierra —dijo Bubba.

Otra broma. Los dos horrores nos llevaron a un amplio auditorio con una luz mortecina donde tendría lugar la reunión. Un foco iluminaba el escenario. El círculo de luz caía sobre un pequeño podio situado ante una cortina negra.

Nosotros, los Invitados Súper Especiales, ocupábamos la primera fila. El resto del auditorio estaba vacío y en él sonaba una tétrica música de órgano. Los dos horrores estaban en las puertas. ¿Estarían vigilando las salidas?

Michael y yo nos sentamos a un extremo de la fila. Robby estaba a nuestro lado y mostraba la moneda a Billy y Sheena.

—¿Entendiste lo que estaban diciendo? —preguntó Michael—. ¿Algo relacionado con Britney y Molly? ¿Unas chicas desaparecidas?

Antes de que pudiera responder, un horror sonriente apareció bajó el foco de luz. Era muy delgado y de aspecto debilucho. Tenía la piel pálida y verdosa, y los cuernos le salían a ambos lados de su prominente calva. Nos miró por encima de unas gafas de montura cuadrada.

—Me llamo Ned —dijo con una voz aguda y temblorosa, como de anciano—. Estamos encantados de tenerlos a todos ustedes aquí. Si los hemos nombrado a todos Invitados Súper Especiales es por una razón. Queremos que cuando regresen a sus hogares cuenten a sus amigos lo divertido que es pasar miedo en HorrorLandia. Y queremos que los animen a que vengan.

—Pero hay alguien que está intentando asustarnos de verdad —gritó Matt desde su asiento.

—Claro, pero siempre de buena fe —dijo Ned.

—Tenemos muchas preguntas que hacerle —respondió Matt.

—Será un placer responder a todas sus preguntas —dijo Ned sonriendo—, pero antes tengo un obsequio para ustedes. Un pequeño recuerdo de su estancia entre nosotros.

—Este tipo no va a responder nada —murmuró Matt.

—La persona que les va a entregar sus obsequios —dijo Ned—, es el mismísimo horror que tuvo la genial idea de invitarlos a todos ustedes al parque. También fue suya la idea de convocarlos a todos aquí. —Ned hizo un gesto con la mano—. Por favor, sal y entrega los regalos.

Un horror muy alto con pequeños cuernecillos amarillentos, cabello verde y pelo morado salió al escenario dando grandes pasos. Llevaba un paquete en la mano.

¡Byron!

Lo reconocí inmediatamente. Era el horror que me había dado el papelito. Los demás chicos murmuraron excitados.

—Hemos estado buscándolo por todas partes y míralo —oí decir a Sheena—. Ahí lo tienes.

—Byron, ¿dónde te habías metido? —gritó Matt.

Byron decidió hacerse el sordo. Ned estaba a su lado, sonriendo.

—Tengo unas monedas especiales de HorrorLandia para ustedes —dijo el horror con su paquete en la mano—. Estoy seguro de que querrán llevarlas consigo a todas partes.

—Con estas monedas, todos los horrores del parque sabrán inmediatamente que ustedes son Invitados Súper Especiales —dijo Ned—. Se acabó eso de hacer cola, simplemente muestren una moneda y pasen directamente sin esperar.

—Y podrán comer gratis en todos nuestros restaurantes —añadió Byron—. Solo tienen que enseñar la moneda.

—Byron los llamará uno por uno para entregarles su regalo —dijo Ned.

A la primera que llamó Byron fue a mí. Recogí la moneda y volví a mi asiento. Al mirarla sentí una convulsión. ¡Mi moneda tenía grabada una pirámide!

"¿Por qué me ha tocado a mí una moneda egipcia? —me dije—. ¿Acaso saben algo de lo que ocurrió en el pueblo de mi tío?"

Un momento. ¿Y los demás? ¿También habían recibido monedas con pirámides?

No. La de Matt tenía un bulto extraño. La de Carly Beth llevaba grabada una horrible máscara de Halloween. Y la de Robby era un superhéroe de cómic.

Todo el mundo parecía estar muy preocupado.

"¿También les habrán pasado cosas terroríficas a los demás? ¿Será eso lo que están viendo en sus monedas?"

—Tenemos un montón de preguntas —gritó Matt desde su asiento.

Ned emprendió la retirada sin responder. Byron lo siguió un instante después, pero antes de desaparecer se detuvo.

—Al Granero de los Murciélagos —dijo—. A las cuatro en punto.

9

Salimos todos juntos del auditorio. Era una tarde soleada y el parque estaba repleto de gente. Todo el mundo parecía estar pasándolo en grande. Vimos a un horror vestido de payaso haciendo animales con globos para los niños que pasaban por allí. Los animales de globos parecían ratas.

Nos resguardamos del sol bajo un árbol muy grande y empezamos a hablar todos al mismo tiempo.

—Me ha pasado algo terrorífico con momias de verdad —dije enseñándoles la pirámide de la moneda—. Y miren mi moneda.

Los demás contaron sus historias. En cada una de sus monedas aparecía algo relacionado con una experiencia terrible que habían vivido anteriormente.

—Esto es de lo más inquietante —dijo Billy—. ¿Cómo es posible que nuestras peores pesadillas nos hayan seguido hasta aquí?

Michael había estado muy callado escrutando su moneda, pero de pronto abrió los ojos.

—¡Miren esto! —dijo.

Al volvernos vimos que su moneda tenía un pequeño chip.

—He visto esto antes —dijo Michael—. Es un dispositivo de seguimiento. Seguro que quieren controlar todos nuestros movimientos.

—Tenemos que deshacernos de las monedas. Ahora mismo.

—Un momento —dijo Carly Beth—. Todos estamos de acuerdo en que Byron es de fiar, ¿no? Pienso que si él está de nuestro lado y él nos las ha dado, quizá sea buena idea conservarlas.

—Es verdad —dijo Sabrina—. Si Byron quiere que las tengamos será por algo.

—¡Ni hablar! —exclamó Matt—. ¿No se dan cuenta? Han obligado a Byron a darnos estas monedas. Y por eso quiere vernos.

—Conozco estos dispositivos de espionaje —dijo Michael—. ¿Y saben qué? A mí no me sigue nadie. Verán lo que hago yo con esta monedita.

Se acercó a un niño pelirrojo que estaba comiéndose un helado con su mamá y le entregó la moneda.

—Con esta moneda serás un invitado especial —le dijo—. Toma y monta gratis donde quieras.

—¡Qué bien! ¡Gracias! —exclamó el niño, y se fue a enseñarle la moneda a su mamá.

Así que eso fue lo que hicimos. Todos entregamos nuestras monedas a los primeros niños que nos encontramos. Todos menos Carly Beth y Sabrina, que se quedaron con las suyas.

Ya eran casi las cuatro. Fuimos a toda prisa al Granero de los Murciélagos, al otro lado del parque. Un horror gordo de color morado nos recibió en la

entrada. Nos dio a cada uno un sombrero de ala ancha.

—Es para protegerse la cabeza de los murciélagos —dijo.

¡Cómo deseaba no haber tenido que ir allí! Me temblaba todo el cuerpo.

Nos adentramos por el largo y oscuro cobertizo. Sobre nuestras cabezas se oía una algarabía de murciélagos. Se los podía ver colgando de las vigas boca abajo.

Aparté la mirada y vi una hoja de papel en el suelo.

La recogí y me la acerqué a los ojos. Era casi imposible leer lo que decía en la escasa luz que entraba en el granero.

Michael se puso a mi lado y se la enseñé.

—Parece un folleto del parque —dije.

Nos quedamos mirando el papel. Aparecían varios niños en una de esas viejas salas de espejos.

Pudimos leer en letras grandes: BIENVENIDO A LA MANSIÓN DE LOS ESPEJOS. ¡Sal de aquí si tienes reflejos!

Pasamos el papel a los demás chicos.

—Byron ha debido dejarlo aquí para nosotros —dijo Billy—. Tiene que ser algún tipo de pista, como los otros papeles que encontramos.

Su hermana Sheena empezó a decir algo, pero de pronto se puso a gritar como una loca.

Y al cabo de unos segundos TODOS empezamos a gritar. ¡Los murciélagos empezaron a atacarnos!

Empezaron a aparecer por todas partes. Docenas de ellos. Volaban en picado dando estridentes chillidos.

Agarré las alas del sombrero y tiré hacia abajo. Pero empecé a sentir las garras de los murciélagos clavadas en los hombros y en el cuello.

—¡Son reales! —grité—. ¡No son falsos!

—¿Dónde está Byron? —gritó alguien entre la algarabía de chillidos y los alaridos de pánico.

—¡Estamos totalmente solos! —grité horrorizada.

Esas fueron las últimas palabras que pronuncié mientras los murciélagos me arrancaban jirones de pelo, de ropa... ¡y de cara!

Continuará en...

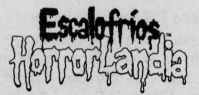

NO. 7 MIS AMIGOS ME LLAMAN MONSTRUO

Sobre el autor

Los libros de R.L Stine se han leído en todo el mundo. Hasta el día de hoy, se han vendido más de 300 millones de ejemplares, lo que hace que sea uno de los autores de literatura infantil más famosos. Además de la serie Escalofríos, R.L. Stine ha escrito la serie para adolescentes Fear Street, una serie divertida llamada Rotten School, además de otras series como Mostly Ghostly, The Nightmare Room y dos libros de misterio, *Dangerous Girls*. R.L. Stine vive en Nueva York con su esposa, Jane, y Minnie, su perro King Charles spaniel. Si quieres aprender más cosas sobre el autor, visita www.RLStine.com.

ARCHIVO DEL MIEDO No. 6

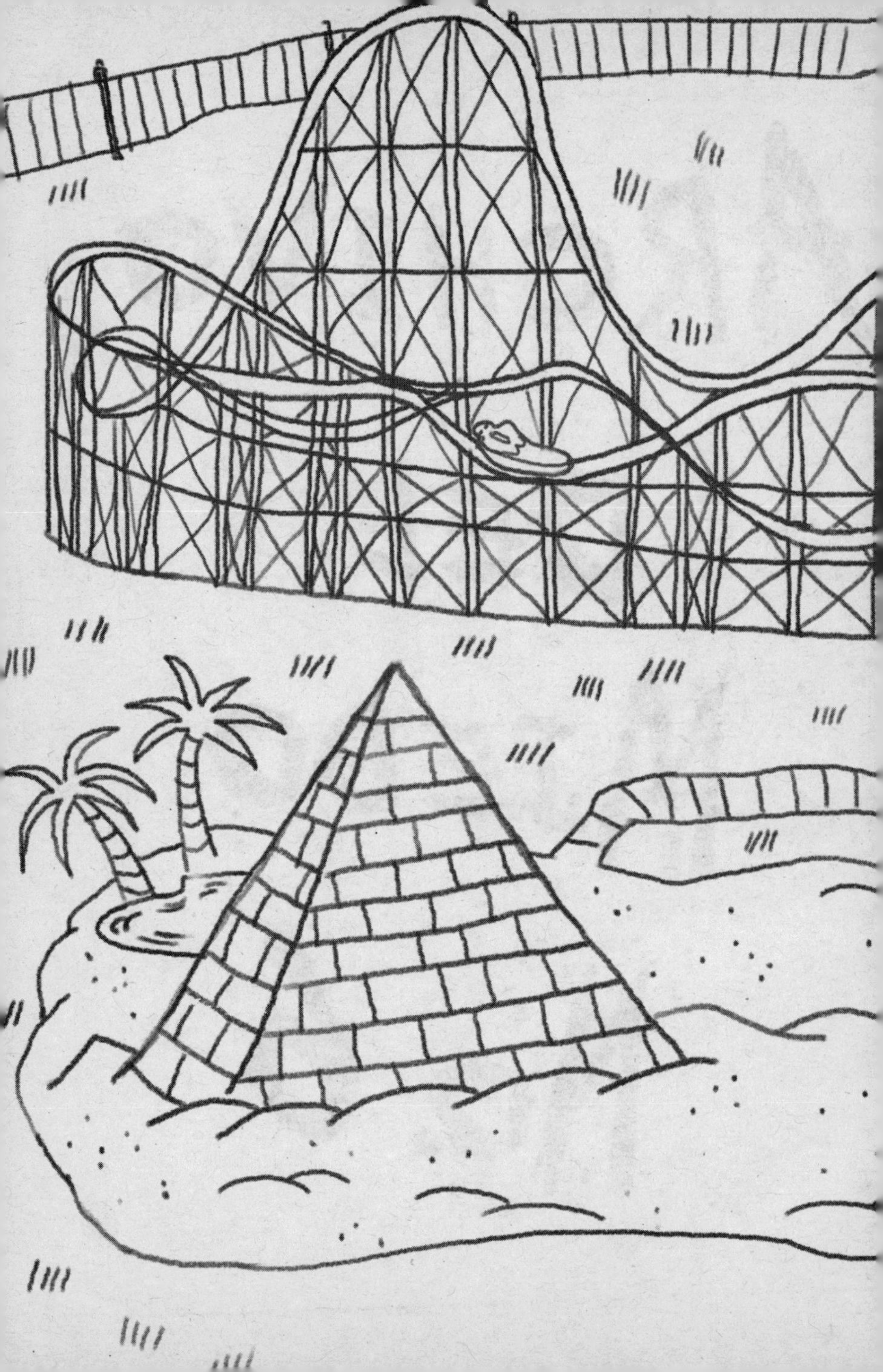

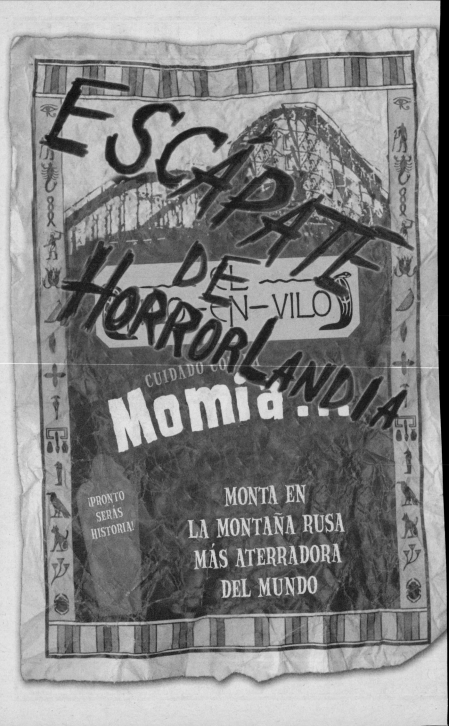

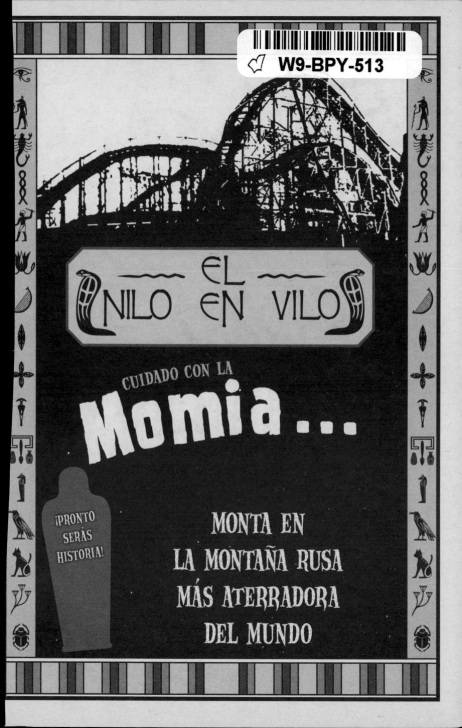